CLÁSICOS

El baile
Irène Némirovsky

GRANTRAVESÍA

CLÁSICOS

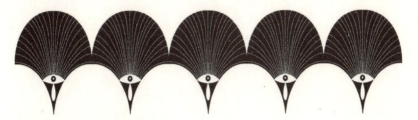

El baile
Irène
Némirovsky

Traducción y epílogo de Sara Mendoza Bravo

GRANTRAVESÍA

EL BAILE

Título original: *Le bal*

Autor: Irène Némirovsky

Traducción:
Sara Mendoza Bravo

Concepto gráfico de la colección, dirección de arte y diseño de portada:
Carles Murillo

Ilustración de portada:
Natàlia Pàmies Lluís

D.R. © 2024, Editorial Océano, S.L.U.
C/ Calabria, 168-174 - Escalera B - Entlo. 2ª
08015 Barcelona, España
www.oceano.com
www.grantravesia.es

D.R. © 2024, por la presente edición,
Editorial Océano de México, S.A. de C.V.
Guillermo Barroso 17-5, Col. Industrial Las Armas
Tlalnepantla de Baz, 54080, Estado de México
www.oceano.mx
www.grantravesia.com

Primera edición: junio de 2024
ISBN: 978-84-127259-9-5 (Océano España)
ISBN: 978-607-557-971-9 (Océano México)
Depósito legal: B 10873-2024

Reservados todos los derechos. Ninguna parte de esta publicación puede ser reproducida, almacenada o transmitida por ningún medio sin permiso del editor. Cualquier forma de reproducción, distribución, comunicación pública o transformación de esta obra sólo puede ser realizada con la autorización de sus titulares, salvo excepción prevista por la ley. Diríjase a cedro (Centro Español de Derechos Reprográficos, www.cedro.org) si necesita fotocopiar o escanear algún fragmento de esta obra.

IMPRESO EN ESPAÑA / *PRINTED IN SPAIN*

9005828010624

I

Madame Kampf entró en la sala de estudio y cerró la puerta tras de sí tan bruscamente que la araña de cristal resonó, todas sus cuentas sacudidas por la corriente de aire, con el sonido puro y ligero de un cascabel. Pero Antoinette no había dejado de leer, tan encorvada sobre el pupitre que su cabello rozaba las páginas. Su madre la examinó un momento sin hablar; y después se plantó frente a ella, con las manos cruzadas sobre el pecho.

—Ya podrías —le gritó— tomarte la molestia de levantarte al ver a tu madre, hija mía. ¿No? ¿Tienes el trasero pegado a la silla? Qué distinguida... ¿Dónde está miss Betty?

En la habitación contigua, el sonido de una máquina de coser marcaba el ritmo de una canción, un *What shall I do, what shall I do when you'll be gone away*[1]... arrullado por una voz torpe y fresca.

—Miss —llamó madame Kampf—, venga aquí.

—*Yes, Mrs. Kampf.*

La pequeña inglesa, de mejillas sonrosadas, ojos asustados y dulces, con un moño de color miel enrollado sobre

---

1. *N. del E.*: «What'll I Do» es una canción escrita por Irving Berlin en 1923 que ha sido interpretada por numerosos cantantes: Grace Moore, Frank Sinatra, Nat King Cole y un largo etcétera. En la letra se habla de la añoranza desconsolada del amor perdido, imaginando cómo seguir adelante sin él. No es una elección casual que ambas, Antoinette y miss Betty, estén escuchándola en el momento en el que madame Kampf irrumpe en la sala de estudio.

su pequeña cabeza redonda, se deslizó por la puerta entreabierta.

—La contraté —empezó a decir severamente madame Kampf— para que vigile e instruya a mi hija, ¿verdad? Y no para que se cosa vestidos... ¿Acaso Antoinette no sabe que hay que levantarse cuando entra mamá?

—*Oh! Antoinette, how can you?* —dijo la señorita con una suerte de graznido apenado.

Antoinette estaba ahora de pie y se balanceaba torpemente sobre una pierna. Era una muchacha larguirucha y plana de catorce años, con la palidez propia de esa edad, tan reducida en carnes que parecía, a ojos de las personas mayores, una mancha redonda y blanquecina, sin rasgos, con párpados bajos, ojerosa, una boca pequeña y cerrada... Catorce años, los pechos que crecen bajo el estrecho vestido de colegiala, y que hieren y avergüenzan a un cuerpo débil, infantil... los pies grandes y esas dos largas flautas, que desembocan en unas manos rojas de dedos manchados de tinta, y que un día tal vez se convertirán en los brazos más bellos del mundo, ¿quién sabe?... una nuca frágil, cabellos cortos, sin color, secos y ligeros...

—Debes comprender de una vez, Antoinette, que tus modales son desesperantes, mi pobre hija... Siéntate. Voy a entrar de nuevo y me harás el favor de levantarte inmediatamente, ¿me has oído?

Madame Kampf retrocedió unos pasos y abrió la puerta por segunda vez. Antoinette se levantó con parsimonia y con un mal humor tan evidente que su madre preguntó bruscamente, apretando los labios con aire amenazador:

—¿Acaso la estoy molestando, señorita?

—No, mamá —dijo Antoinette en voz baja.

—Entonces, ¿por qué pones esa cara?

Antoinette sonreía haciendo una suerte de esfuerzo cobarde y doloroso que distorsionaba penosamente sus facciones. A veces, odiaba tanto a los adultos que habría querido matarlos, desfigurarlos, o bien patalear y gritar: «No, dejadme en paz». Pero había temido a sus padres desde la más tierna infancia. Antes, cuando Antoinette era más pequeña, su madre la tomaba a menudo en su regazo, la apretaba contra su corazón, la acariciaba y la besaba. Pero Antoinette había olvidado todo eso. Sin embargo, en lo más profundo de sí misma conservaba el sonido de una voz irritada que pasaba como una ráfaga sobre su cabeza, «esta niña está todo el día pegada a mi falda...», «¡me has vuelto a manchar el vestido con tus zapatos sucios! Vete a la esquina, así aprenderás, ¿me oyes? ¡Pequeña imbécil!». Y un día... por primera vez, ese día había deseado morir... en la esquina de una calle, durante una rabieta, aquella frase repentina, pronunciada tan alto que todos los que pasaban por allí se habían dado la vuelta: «¿Quieres una bofetada? ¿Sí?» y el ardor del cachete... En plena calle... Tenía once años, era alta para su edad... La gente que pasaba, la gente mayor, no le importaba... Pero justo en ese momento unos chicos salían de la escuela y se habían reído al mirarla: «Vaya con esa niña...». ¡Oh!, esa risa burlona que la había perseguido mientras caminaba, con la cabeza gacha, por la oscura calle otoñal... las luces bailaban a través de sus lágrimas. «¿Ya has terminado de lloriquear...? ¡Oh, qué carácter! ...Sabes que cuando te corrijo es por tu bien, ¿verdad que sí? ¡Ah, y te aconsejo

que no empieces a ponerme de los nervios otra vez...!».
Maldita gente... Y todavía ahora, sólo para atormentarla,
torturarla, humillarla, de la mañana a la noche, seguía in-
sistiendo: «¿Es así como sujetas el tenedor?» (delante del
servicio, Dios mío) y «Ponte derecha. Al menos no parez-
cas jorobada». Tenía catorce años, ya era una jovencita y,
en sus sueños, una mujer amada y hermosa... Los hombres la acariciaban, la admiraban, como André Sperelli
acaricia a Hélène y a Marie, y Julien de Suberceaux a
Maud de Rouvre[2], en las novelas... El amor... Se estremeció. Madame Kampf remataba:

—...Y si crees que estoy pagando a una inglesa para
que tengas estos modales, te equivocas, hija mía...

Y más bajito, mientras recogía un mechón de pelo que
atravesaba la frente de su hija:

—Siempre te olvidas de que, ahora, somos ricos, Antoinette... —dijo.

Se volvió hacia la inglesa:

—Miss, tengo muchos recados para usted esta semana... Doy un baile el día 15...

—Un baile —murmuró Antoinette, entornando los
ojos.

—Pues sí —dijo madame Kampf con una sonrisa—, un
baile...

---

2. *N. del E.*: André Sperelli, Hélène y Marie son personajes de la primera novela de Gabriele D'Annunzio, *El placer*; mientras que Julien de
Suberceaux y Maud de Rouvre son personajes pertenecientes a la novela
de Marcel Prévost, *Vírgenes a medias*. Ambas obras comparten la estéti-
ca sensual y decadente de finales del siglo XIX.

Miró a Antoinette con expresión orgullosa y luego se dirigió a la inglesa con el ceño fruncido.

—Espero que no le hayas dicho nada a él.

—No, mamá, no —dijo rápidamente Antoinette.

Conocía bien la preocupación constante de su madre. Al principio, hacía dos años (cuando habían dejado atrás la vieja calle Favart tras el brillante golpe bursátil de Alfred Kampf, consecuencia de la caída del franco primero y después, en 1926, de la libra, que los había hecho ricos), Antoinette debía presentarse en la habitación de sus padres todas las mañanas; mientras su madre, todavía en la cama, se limaba las uñas; al lado, en el cuarto de baño, su padre, un pequeño judío seco y de ojos ardientes, se afeitaba, se lavaba y se vestía con esa rapidez enloquecida en todos sus movimientos que otrora le había valido el apodo de Feuer[3] entre sus camaradas, los judíos alemanes, en la Bolsa. Llevaba años subiendo y bajando aquellos grandes escalones de la Bolsa... Antoinette sabía que primero había sido empleado de la Banca de París y antes aún, un insignificante botones que sujetaba la puerta del banco con librea azul... Poco antes de nacer Antoinette, se había casado con su amante, mademoiselle Rosine, la mecanógrafa del jefe. Durante once años habían vivido en un pequeño apartamento lúgubre detrás de la Ópera. Antoinette recordaba cómo hacía los deberes, por las tardes, en la mesa del comedor, mientras la criada fregaba los platos con gran estruendo en la cocina y madame Kampf leía novelas, instalada bajo la luz de una gran lámpara colgante,

---

3. *N. de la T.:* «fuego» en alemán.

que tenía un globo de cristal escarchado tras el que brillaba la vivaracha llama del gas. Algunas veces, madame Kampf soltaba un profundo suspiro irritado, tan fuerte y tan brusco que hacía que Antoinette diera un respingo en su silla. Kampf preguntaba: «¿Y ahora qué te pasa?», y Rosine respondía: «Me angustia pensar que hay gente que vive bien, que es feliz, mientras yo paso los mejores años de mi vida en este agujero inmundo, zurciendo tus calcetines...».

Kampf se encogía de hombros sin decir nada. Entonces, la mayoría de las veces, Rosine se volvía hacia Antoinette: «Y tú, ¿qué haces escuchando? ¿Qué te importa lo que digan las personas mayores?». Y después concluía: «Pues sí, hija mía, si esperas a que tu padre haga fortuna, como lleva prometiéndome desde que nos casamos, espera sentada, porque tendrá que llover mucho... Crecerás y seguirás aquí, como tu pobre madre, esperando...». Y cuando decía esa palabra «esperar», atravesaba sus facciones duras, tensas, hoscas, cierta expresión profunda, patética, que conmovía a Antoinette a su pesar y que muchas veces la hacía alargar los labios, por instinto, hacia el rostro materno.

«Pobrecita mía», decía Rosine, acariciándole la frente. Hasta que, una vez, había exclamado: «¡Ah, déjame en paz, me molestas!; mira que puedes llegar a ser pesada tú también...», y Antoinette no había vuelto a darle más besos que los de las mañanas y las noches, esos que padres e hijos pueden intercambiarse sin pensar, como un apretón de manos entre dos desconocidos.

Y un buen día, de repente, se hicieron ricos, Antoinette nunca pudo entender cómo. Se habían mudado a un gran apartamento blanco y su madre se había teñido el pelo de color dorado, flamante y precioso. Antoinette deslizaba su mirada temerosa sobre esa llamativa cabellera que no reconocía.

—Antoinette —ordenaba madame Kampf—, repite un poco. ¿Qué respondes si te preguntan dónde vivíamos el año pasado?

—Eres estúpida —le decía Kampf desde la habitación de al lado—. ¿Quién quieres que hable con la niña? No conoce a nadie.

—Sé lo que digo —respondió madame Kampf, alzando la voz—. ¿Y el servicio?

—Si la veo dirigir una sola palabra a los criados, tendrá que vérselas conmigo, ¿me oyes, Antoinette? Ella ya sabe que sólo tiene que guardar silencio y aprenderse la lección, eso es todo. No le pedimos nada más...

Y volviéndose hacia su mujer:

—No es imbécil, ¿sabes?

Pero en cuanto se iba, madame Kampf volvía a empezar:

—Si alguien te pregunta algo, Antoinette, dirás que vivíamos en el sur de Francia durante todo el año... No hace falta que especifiques si era en Cannes o en Niza, sólo di en el sur... a menos que te pregunten; entonces es mejor decir Cannes, es más distinguido... Pero, por supuesto, tu padre tiene razón, sobre todo debes mantener la boca cerrada. Una niña debe hablar lo menos posible con las personas mayores.

Y la despachaba con un gesto de su hermoso brazo desnudo, sutilmente rollizo, en el que brillaba la pulsera de diamantes que acababa de regalarle su marido y de la que sólo se separaba en la bañera. Antoinette recordaba vagamente todo aquello, mientras su madre le preguntaba a la inglesa:

—Dime, ¿Antoinette tendrá al menos buena letra?

—*Yes, Mrs. Kampf.*

—¿Por qué? —preguntó tímidamente Antoinette.

—Porque así —explicó madame Kampf— podrás ayudarme esta tarde con los sobres... Voy a enviar casi doscientas invitaciones, ¿comprendes? No podré arreglármelas sola... Miss Betty, doy permiso a Antoinette para que hoy se acueste una hora más tarde de lo habitual... ¿Estarás contenta, espero...? —preguntó, volviéndose hacia su hija.

Pero como Antoinette callaba, sumida de nuevo en sus ensoñaciones, madame Kampf se encogió de hombros.

—Siempre está en la luna, esta niña —comentó a media voz—. Un baile, ¿es que no te enorgullece que tus padres estén organizando un baile? No tienes mucho corazón, me temo, mi pobre hija —terminó en un suspiro, mientras se alejaba.

II

Aquella noche, Antoinette, a quien la inglesa solía acostar al dar las nueve, se quedó en el salón con sus padres. Entraba en esa habitación tan de vez en cuando que permaneció un rato observando con atención el enmaderado blanco y los muebles dorados, como cuando visitaba una casa ajena. Su madre le mostró un pequeño velador sobre el que había tinta, plumas y un paquete de tarjetas y sobres.

—Siéntate aquí. Te voy a dictar las direcciones.

«¿Viene usted, mi querido amigo?», dijo en voz alta, mirando a su marido, pues el criado estaba recogiendo la mesa en el cuarto contiguo y, desde hacía varios meses, los Kampf se trataban de «usted» delante de él.

Cuando monsieur Kampf se hubo acercado, Rosine susurró: «Oye, despide a ese lacayo de una vez, por favor, me molesta...».

Luego, al captar la mirada de Antoinette, se sonrojó y ordenó bruscamente:

—Vamos, Georges, ¿ha terminado ya? Guarde lo que queda y retírese arriba...

Después, los tres permanecieron en silencio, como fijados sobre sus sillas. Cuando el criado se hubo marchado, madame Kampf dejó escapar un suspiro:

—Odio a ese Georges, no sé por qué. Cuando sirve la mesa y lo siento a mi espalda, se me corta el apetito... ¿Qué haces sonriéndome de manera tan estúpida, Antoinette? Venga, manos a la obra. ¿Tienes la lista de invitados, Alfred?

—Sí —dijo Kampf—, pero espera a que me quite la chaqueta, tengo calor.

—Sobre todo —dijo su mujer—, acuérdate de no dejarla aquí tirada como la última vez... Me di cuenta por las caras de Georges y Lucie de que les parecía extraño que alguien anduviera por el salón en mangas de camisa...

—Me da igual lo que piensen los criados —gruñó Kampf.

—Está usted muy equivocado, amigo mío, ellos son quienes forjan reputaciones al ir de un sitio a otro, cotilleando... Nunca hubiera imaginado que la baronesa del tercero... —bajó la voz y susurró unas palabras que Antoinette, a pesar de sus esfuerzos, fue incapaz de oír— ... sin Lucie, que sirvió con ella durante tres años...

Kampf sacó una hoja de papel de su bolsillo, cubierta de nombres y tachaduras.

—Empecemos por la gente que conozco, ¿no, Rosine? Escribe, Antoinette: monsieur y madame Banyuls. No sé la dirección, pero tienes el anuario a mano, puedes ir buscando sobre la marcha...

—Son muy ricos, ¿verdad? —murmuró Rosine con respeto.

—Mucho.

—¿Crees... crees que querrán venir? No conozco a madame Banyuls.

—Yo tampoco. Pero mantengo buena relación de negocios con el marido, eso es suficiente... Al parecer la esposa es encantadora y, además, ya apenas la reciben en su círculo, desde que estuvo involucrada en ese asunto... ya sabes, las famosas orgías del Bois de Boulogne[4], hará dos años...

—Alfred, por favor, la niña...

—Pero si no entiende nada. Escribe, Antoinette... Aun así, sigue siendo una mujer muy fina...

—No te olvides de los Ostier —dijo Rosine animadamente—; he oído que dan unas fiestas espléndidas...

—Monsieur y madame Ostier d'Arrachon, con dos erres, Antoinette... De esos, querida, yo no respondo. Son muy remilgados, muy... En otro tiempo, la mujer fue...

Hizo un gesto.

—¿No...?

—Sí, conozco a alguien que la veía a menudo en un burdel de Marsella... sí, sí, te lo aseguro... Pero hace mucho tiempo, hará casi veinte años; su matrimonio la ha desenmugrecido por completo; recibe a gente de bien y es extremadamente exigente en lo que respecta a sus relaciones... Por regla general, al cabo de diez años, todas las mujeres que han visto mundo se vuelven así...

—Dios mío —suspiró madame Kampf—, qué difícil es todo...

—Hace falta método, querida... Para la primera recepción, gente, mucha gente, a tantas almas como puedas... En la segunda o tercera, entonces, los seleccionamos...

---

4. *N. de la T.:* El Bois de Boulogne (bosque de Boulogne) es un gran parque que se encuentra en el límite del muy elitista distrito XVI de París. Es conocido, entre otras cosas, por ser un lugar de encuentro para parejas y damas de compañía (era frecuentado, por ejemplo, por las cortesanas de Napoleón III en el siglo XIX).

Esta vez tenemos que mandar invitaciones a diestra y siniestra...

—Pero si al menos pudiéramos estar seguros de que todos se presentarán... Si hay gente que se niega a venir, creo que me moriré de vergüenza...

Kampf soltó una carcajada silenciosa.

—Si algunos se niegan a venir, pues los invitarás la próxima vez, y la siguiente... ¿Qué quieres que te diga? Al final, para medrar en este mundo, basta con seguir a pie juntillas la moral del Evangelio...

—¿Qué?

—Si te dan una bofetada, pon la otra mejilla... El mundo es la mejor escuela de humildad cristiana.

—Me pregunto —dijo vagamente sorprendida madame Kampf— de dónde sacas todas estas tonterías, mi querido amigo.

Kampf sonrió.

—Venga, venga, sigamos con el resto... En este trozo de papel hay algunas direcciones que sólo tienes que copiar, Antoinette...

Madame Kampf se inclinó sobre el hombro de su hija, que escribía sin levantar la frente:

—Es cierto que tiene una letra muy bonita, muy formada... Oye, Alfred, ¿no es monsieur Julien Nassan el que estuvo en prisión por aquella estafa...?

—¿Nassan? Sí.

—¡Ah! —murmuró Rosine, un poco asombrada.

Kampf dijo:

—Pero ¿qué crees que estás insinuando? Se ha rehabilitado, ahora es bienvenido en todas partes, es un joven encantador y, sobre todo, un hombre de negocios de primera...

—Monsieur Julien Nassan, 23 bis, avenida Hoche —volvió a leer Antoinette—. ¿Quién es el siguiente, papá?

—Aquí sólo hay veinticinco nombres —gimió madame Kampf—. Nunca conseguiremos doscientas personas, Alfred...

—Claro que sí, claro que sí, no empieces a ponerte nerviosa. ¿Dónde está tu lista? Toda esa gente que conociste en Niza, Deauville, Chamonix, el año pasado...

Madame Kampf tomó un bloc de notas de la mesa.

—El conde Moïssi, monsieur, madame y mademoiselle Lévy de Brunelleschi, y el marqués de Itcharra: es el gigoló de madame Lévy, siempre los invitan juntos...

—¿Habrá algún marido, al menos? —preguntó Kampf con aire dubitativo.

—Te entiendo, pero son gente de bien. Y todavía conocí a más marqueses, sabes, son cinco... El marqués de Liguès y Hermosa, el marqués... Dime, Alfred, ¿hay que especificar los títulos al dirigirse a ellos? Creo que es mejor, ¿no? No «señor marqués», como dicen los criados, claro, sino: «querido marqués, querida condesa...». Si no, los demás ni se darán cuenta de que recibimos a personas con títulos...

—¿Y si pudiéramos ponerles una etiqueta a la espalda, eh, eso te gustaría?

—Oh, tú y tus bromas tontas... Vamos, Antoinette, date prisa y copia todo esto, hija mía...

Antoinette escribió un momento y luego leyó en voz alta:

—Barón y baronesa Levinstein-Lévy, conde y condesa du Poirier...

—Esos son Abraham y Rebecca Birnbaum, que se compraron ese título. Qué tontería, ¿no?, hacerse llamar du Poirier... Ya puestos, yo...

Se sumió en una profunda ensoñación.

—El conde y la condesa Kampf, sencillamente —murmuró—. No suena mal.

—Espera un poco —aconsejó Kampf—, no hasta dentro de diez años...

Rosine, mientras tanto, ordenaba tarjetas de visita en un cuenco de malaquita decorado con dragones chinos de bronce dorado.

—Ya me gustaría saber quiénes son todas estas personas —murmuró—. Éste es un lote de tarjetas que recibí en Año Nuevo... Hay muchos gigolós que conocí en Deauville...

—Pues nos harán falta tantos como sea posible, hacen bulto y si además van bien vestidos...

—Oh, querido, no bromees, son todos condes, marqueses o vizcondes, como mínimo... Pero no consigo ponerles cara a estos nombres, todos se parecen tanto. Aunque da igual; ¿te acuerdas de cómo hacían las cosas los Rothwan de Fiesque? Se le dice la misma frase a todo el mundo: «Estoy encantada...» y, luego, si uno se ve obligado a presentar a dos personas entre sí, se farfullan sus nombres... nunca se oye nada... Bueno, Antoinette, querida, éste es un trabajo fácil, las direcciones están marcadas en las tarjetas...

—Pero, mamá —interrumpió Antoinette—, ésta es la tarjeta del tapicero...

—¿De qué estás hablando? Déjame ver. Sí, tienes razón; Dios mío, Dios mío, Alfred, te digo que estoy perdiendo la cabeza... ¿Cuántas llevas, Antoinette?

—Ciento setenta y dos, mamá.

—¡Ah! ¡No está tan mal!

Juntos, los Kampf exhalaron un suspiro de satisfacción y se miraron sonrientes, como dos actores en escena, después del tercer bis, con una expresión que mezclaba lasitud dichosa y triunfo.

—No vamos mal, ¿verdad?

Antoinette preguntó tímidamente:

—¿Mademoiselle Isabelle Cossette no será «mi» mademoiselle Isabelle?

—Pues claro que sí.

—¡Oh! —exclamó Antoinette—, ¿por qué la invitas?

Inmediatamente se sonrojó violentamente, al anticipar el cortante «¿Acaso eso es asunto tuyo?» de su madre, pero madame Kampf le explicó avergonzada:

—Es una buena chica... Hay que complacer a la gente...

—Es tan mala como la sarna —protestó Antoinette.

Mademoiselle Isabelle, prima de los Kampf, profesora de música en casa de varias familias de ricos corredores de bolsa judíos, era una solterona, plana, recta y rígida como un paraguas; enseñaba piano y solfeo a Antoinette. Excesivamente miope, nunca se ponía las gafas, vanidosa, por sus ojos más bien hermosos y sus espesas cejas, así que pegaba su nariz larga, carnosa y puntiaguda, azulada por los polvos de arroz, a las partituras y, en cuanto Antoinette cometía un error, la golpeaba duramente en los dedos con una regla de ébano, tan plana y dura como ella misma. Era tan rencorosa e inquisidora como una vieja urraca. La noche anterior a sus lecciones, Antoinette siempre recitaba con fervor las oraciones vespertinas (Antoinette había sido educada en la fe católica, su padre se había convertido al casarse): «Dios mío, haz que mademoiselle Isabelle muera esta noche».

—La niña tiene razón —observó sorprendido Kampf—. ¿Cómo se te ha ocurrido invitar a esa vieja loca? Si no la soportas...

Madame Kampf se encogió de hombros con enfado:

—Ay, no entiendes nada... ¿Cómo quieres que se entere la familia, si no? Dime, ¿te acuerdas de la cara de la tía Loridon cuando se peleó conmigo porque me había casado con un judío, y la de Julie Lacombe y la del tío Martial, y la de todos los de la familia que adoptaban ese tonito condescendiente porque eran más ricos que nosotros? ¿Te acuerdas? Por eso. Es muy sencillo, si no invitamos a Isabelle, si no podré estar segura de que al día siguiente todos se morirán de envidia, ¡entonces preferiría no dar ningún baile! Escribe, Antoinette.

—¿Bailaremos en los dos salones?

—Naturalmente, y en la galería... ya sabes que nuestra galería es muy bonita... Encargaré cestas de flores; ya verás qué bonita quedará la gran galería, con todas esas mujeres vestidas de gala y con hermosas joyas, los hombres de traje... En casa de los Lévy de Brunelleschi, parecía un espectáculo de cuento de hadas. Durante los tangos, apagaban la luz y dejaban sólo dos grandes lámparas de alabastro en las esquinas, de luz rojiza...

—No me gusta demasiado todo eso, parece de club de noche.

—Pues es lo que se lleva ahora, al parecer; a las mujeres les encanta dejarse manosear al ritmo de la música... La cena, por supuesto, se sirve en mesas pequeñas...

—¿Y una barra de cócteles, quizá, para empezar?

—Bueno, es una idea... Hay que romper el hielo tan pronto como lleguen. Podríamos montar la barra en la habitación de Antoinette. La niña podría dormir en la sala de la colada o en el pequeño almacén al final del pasillo, por una noche...

Antoinette se estremeció violentamente. Se había puesto muy pálida; murmuró en voz baja, estrangulada:

—¿No podría quedarme aunque sólo fuera un cuartito de hora?

Un baile... Dios mío, Dios mío, ¿es posible que hubiera ahí, a dos pasos tan sólo, esa cosa espléndida que se imaginaba vagamente como una mezcla confusa de música enloquecida, perfumes embriagadores, ropajes deslumbrantes... palabras de amor susurradas en un tocador apartado, oscuro y fresco como una alcoba... y que ella se acostara esa noche, como todas las noches, a las nueve, igual que un bebé...? Tal vez, los hombres que supieran que los Kampf tienen una hija preguntarían por ella, y su madre les respondería con su risita odiosa: «Oh, duerme desde hace rato, por supuesto...». Y sin embargo, ¿qué le importaba a ella que Antoinette también tuviera un momento de felicidad en esta vida? Oh, Dios mío, bailar una vez, sólo una vez, con un vestido bonito, como una verdadera jovencita, entre los brazos de un hombre... Con una suerte de atrevimiento desesperado, cerrando los ojos como si apretara contra su pecho un revólver cargado, repitió:

—Sólo un cuartito de hora, ¿eh, mamá?

—¿Qué? —gritó estupefacta madame Kampf—. Repite eso...

—Tú te irás a bailar entre las sábanas —dijo el padre.

Madame Kampf se encogió de hombros:

—Definitivamente, creo que esta niña está loca...

Antoinette gritó de repente, con el rostro conmocionado:

—Te lo ruego, mamá, te lo ruego... Tengo catorce años, mamá, ya no soy una niña pequeña... Sé que la edad para presentarse en sociedad es a los quince; pero ya parece que tenga quince, y el año que viene...

Y madame Kampf estalló abruptamente:

—Pero esto, esto es increíble —gritó con la voz ronca de ira—: esta niña, esta mocosa, asistir al baile, ¡habrase visto! Dame un momento, voy a hacer que olvides todos esos sueños de grandeza, hija mía... ¡Ay! ¿Crees que vas a «presentarte en sociedad» el año que viene? ¿Quién te ha metido esas ideas en la cabeza? Entérate, hijita mía, de que yo apenas estoy empezando a vivir, ¿me entiendes?, yo, y no tengo ninguna intención de cargarme con el deber de casar a una hija tan pronto... No sé qué me impide darte un tirón en las orejas —continuó en el mismo tono, haciendo un gesto hacia Antoinette.

Antoinette dio un paso atrás y palideció aún más; la expresión perdida y desesperada en sus ojos provocó en Kampf una suerte de lástima.

—Vamos, déjala en paz —dijo, deteniendo la mano levantada de Rosine—: esta niña está cansada, está disgustada, no sabe lo que dice... vete a la cama, Antoinette.

Antoinette no se movía; su madre la empujó ligeramente por los hombros:

—Venga, vete, y sin rechistar; vete o...

A Antoinette le temblaba todo el cuerpo, pero salió despacio, sin derramar una lágrima.

—Qué encanto —dijo madame Kampf cuando se hubo marchado—, esto promete... De hecho, yo era igual a su edad; aunque no soy como mi pobre madre, que nunca supo decirme que no... Yo no le quitaré el ojo de encima, te lo prometo...

—Se le pasará después de haber dormido; estaba cansada; ya son las once; no está acostumbrada a acostarse tan tarde: eso es lo que la habrá trastornado... Sigamos con la lista, es más interesante —dijo Kampf.

III

En mitad de la noche, el ruido de unos sollozos en la habitación contigua despertó a miss Betty. Encendió la luz, escuchó un momento a través de la pared. Era la primera vez que oía llorar a la niña: cuando madame Kampf la regañaba, Antoinette, por costumbre, conseguía tragarse las lágrimas y no decía nada.

—*What's the matter with you, child? Are you ill?* —preguntó la inglesa.

Inmediatamente cesaron los sollozos.

—Supongo que su madre la ha regañado; es por su bien, Antoinette... mañana os pediréis perdón, os daréis un beso y ya está; pero es hora de dormir; ¿le apetece una taza de tila caliente? ¿No? Podría contestarme, querida —terminó, pues Antoinette callaba—. ¡Oh, *dear, dear!*, pero es tan feo una niña enfurruñada; va a entristecer a su ángel de la guarda...

Antoinette hizo una mueca: «Sucia inglesa» y apretó sus débiles puños crispados contra la pared. Sucios hipócritas egoístas, todos ellos, todos... No les importaba nada que se estuviera asfixiando, sola, en la oscuridad, de tanto llorar, que se sintiera desdichada y sola como un perro perdido...

Nadie la quería, ni un alma en este mundo... ¿Es que no podían ver, ciegos tontos, que era mil veces más inteligente, más preciosa, más profunda que todos ellos, esas personas que se atrevían a criarla, a educarla? Nuevos ricos groseros, incultos... ¡Ay!, cuánto se había reído de ellos toda la noche, sin que se dieran cuenta, naturalmente... ya podía llorar o reír delante de sus narices, no se dignaban a ver nada... una niña de catorce años, una cría, es algo tan despreciable y tan bajo como un perro... ¿Con qué derecho la mandaban a la cama, la castigaban, la insultaban? «Ah, quisiera que se murieran». Del otro lado de la pared, se oía a la inglesa respirar despacio al dormir. Antoinette comenzó a llorar de nuevo, pero más bajo, saboreando las lágrimas que corrían por las comisuras de su boca y entre sus labios; bruscamente, la invadió un extraño placer; por primera vez en su vida lloraba así, sin muecas ni hipo, en silencio, como una mujer... Más adelante, lloraría, por amor, esas mismas lágrimas... Durante un largo instante, escuchó cómo subían los sollozos por su pecho, igual que el oleaje bajo y profundo en el mar... su boca empapada de lágrimas sabía a sal y a agua... Encendió la lámpara y se miró al espejo con curiosidad. Tenía los párpados hinchados, las mejillas rojas y jaspeadas. Como una niña maltratada. Era fea, fea... Volvió a sollozar.

«Quisiera morir, Dios mío haz que me muera... Dios mío, mi buena Virgen Santísima, ¿por qué me habéis hecho nacer entre ellos? Castigadlos, os lo suplico... Castigadlos una vez y después no me importa morirme...».

Se detuvo y dijo de repente, en voz alta:

—Aunque sin duda es todo un chiste, el buen Dios, la Virgen María, un chiste, como los padres buenos de los libros o eso de la divina juventud.

»Ah, sí, la divina juventud, ¡qué chiste, eh, qué chiste!». Repitió con rabia, mordiéndose las manos con tanta fuerza que sintió que le sangraban bajo los dientes:

—Divina... divina... preferiría estar enterrada en lo más hondo de la tierra...

La esclavitud, la prisión, repetir los mismos gestos día tras día a la misma hora... Levantarse, vestirse... los vestiditos oscuros, los botines gruesos, las medias acanaladas, que le ponían a propósito, a propósito, como una librea, para que nadie en la calle mire un instante a esta muchacha insignificante al pasar... Imbéciles, nunca veréis esta carne en flor y estos párpados lisos, intactos, frescos, ojerosos, y estos ojos hermosos, asustados, descarados, que llaman, ignoran, esperan... Nunca, nunca más... Esperar... y estos malos deseos... Por qué estas ganas vergonzosas, desesperadas, que roen el corazón al ver pasar a dos amantes al atardecer, besándose mientras caminan y se tambalean dulcemente, como borrachos... ¿Es rencor de solterona, a los catorce años? Sin embargo, ella sabe que llegará su momento; pero queda tanto tiempo, nunca llegará, y mientras tanto esta vida estrecha y humillante, las lecciones, la rígida disciplina, la madre que grita...

«¡Esa mujer, esa mujer que se ha atrevido a amenazarme!».

Y dijo deliberadamente, en voz alta:

—Nunca se habría atrevido...

Pero recordaba la mano levantada.

«Si me hubiese tocado, la habría arañado, mordido, y entonces... siempre se puede escapar... y para siempre... la ventana...», pensó febrilmente.

Y se vio a sí misma tendida en la acera, cubierta de sangre... No habría baile el día 15... Todos dirían: «Esta niña no podía haber elegido otro día para suicidarse...». Como había dicho su madre: «Quiero vivir, yo, yo...». Quizás, en el fondo, era eso lo que le dolía más que todo lo demás... Antoinette nunca antes había visto en los ojos de su madre esa fría mirada de mujer, de enemiga...

«Sucios egoístas; yo soy la que quiere vivir, yo, yo, yo soy joven, yo... Me roban, me roban mi parte de felicidad... ¡Oh, entrar en ese baile de ensueño y ser la más bella, la más deslumbrante, los hombres a mis pies!».

Susurró:

—¿La conocéis? Es mademoiselle Kampf. No es una belleza común, si se me permite, pero tiene un encanto extraordinario... y tan fina... eclipsa a todas las demás, ¿no es así? En cuanto a su madre, parece una cocinera a su lado...».

Apoyó la cabeza sobre la almohada empapada de lágrimas y cerró los ojos; una especie de voluptuosidad blanda y cobarde relajó suavemente sus miembros cansados. Se tocó el cuerpo a través del camisón con dedos ligeros, tiernamente respetuosos... Hermoso cuerpo preparado para el amor... Murmuró:

—Quince años, oh, Romeo, la edad de Julieta...

Cuando tenga quince años, el sabor del mundo habrá cambiado...

IV

Al día siguiente, madame Kampf no habló con Antoinette de lo ocurrido la víspera, pero durante el almuerzo se esforzó por demostrar a su hija su mal humor a través de una serie de breves reprimendas, arte en el que destacaba especialmente cuando estaba enfadada.

—¿Qué haces?, no dejes colgar así el labio. Cierra la boca y respira por la nariz. Qué alegría para tus padres, una hija que siempre está en las nubes... Ten cuidado, pero ¿cómo estás comiendo? Apuesto a que has manchado el mantel... ¿Es que no puedes comer bien a tu edad? Y no exhales tan fuerte por la nariz, por favor, hija mía... debes aprender a escuchar mis recomendaciones sin poner esa cara... no te dignas contestar... ¿se te ha comido la lengua el gato? Claro, ahora vienen las lágrimas —continuó, levantándose y tirando la servilleta sobre la mesa—, prefiero irme a tener que soportar la cara que pones, pequeña tonta.

Salió empujando la puerta con saña; Antoinette y la inglesa se quedaron solas en la mesa a medio recoger.

—Termínese el postre, Antoinette —susurró miss Betty—, llegará tarde a su clase de alemán.

Con manos temblorosas, Antoinette se llevó a la boca el gajo de naranja que acababa de pelar. Insistía en comer despacio, con calma, para que el criado, inmóvil detrás de su silla, la creyera indiferente a los reproches, en un desaire a «esa mujer»; pero, a su pesar, las lágrimas se escapaban de sus párpados hinchados y corrían redondas y brillantes por su vestido.

Poco después, madame Kampf entró en la sala de estudio, con el paquete de invitaciones preparado en la mano:

—¿Irás a clase de piano después del té, Antoinette? Dale a Isabelle su sobre; y usted envíe el resto por correo, miss.

—*Yes, Mrs. Kampf.*

La oficina de correos estaba llena de gente; miss Betty miró el reloj:

—Oh... no nos da tiempo, es tarde, ya pasaré yo por la oficina de correos mientras usted está en clase, *chérie* —dijo, apartando la mirada y con las mejillas aún más rojas que de costumbre—. No... no le importa, ¿verdad, *chérie*?

—Sí —murmuró Antoinette.

No dijo nada más, pero cuando miss Betty, tras recomendarle que se diera prisa, la dejó frente a la casa donde vivía mademoiselle Isabelle, Antoinette esperó un momento, escondida en el umbral de la puerta caballeriza, y observó a la inglesa que se dirigía a toda prisa hacia un taxi parado en la esquina de la calle. El coche pasó muy cerca de Antoinette, que se puso de puntillas y miró, curiosa y temerosa, hacia el interior. Pero no vio nada. Por un momento permaneció inmóvil, siguiendo con la mirada el taxi que se alejaba.

«Estaba segura de que tenía novio... probablemente ahora se estén besando como en las novelas... ¿Le estará diciendo: "Te amo..."? ¿Y ella? ¿Acaso es... su amante?», pensaba con una suerte de vergüenza, de asco violento, mezclados con un oscuro sufrimiento: «libre, sola con un hombre... qué feliz debe de ser... irán al bosque [de Boulogne], sin duda».

—Me gustaría que mamá los viera... ¡Ah, ya me gustaría! —murmuró, apretando los puños.

«Pues no, los amantes son felices... son felices, están juntos, se besan... El mundo entero está lleno de hombres y mujeres que se aman... ¿Por qué yo no?»

Arrastraba su mochila de colegiala delante de ella, la llevaba colgando al final del brazo. La miró con odio, suspiró, giró lentamente sobre sus talones y cruzó el patio. Llegaba tarde. Mademoiselle Isabelle le diría: «¿Acaso no te han enseñado que la puntualidad es el primer deber de una niña bien educada para con sus maestros, Antoinette?».

«Es estúpida, es vieja, es fea...», pensó, exasperada.

En voz alta, dijo:

—Buenos días, mademoiselle, fue mamá quien me retrasó, no es culpa mía, y me pidió que le diera esto...

Mientras le tendía el sobre, añadió en una repentina inspiración:

—... Y también ha pedido que me deje salir cinco minutos antes de lo habitual...

Así, tal vez podría volver a ver a miss Betty y su acompañante.

Pero mademoiselle Isabelle no estaba escuchando. Leía la invitación de madame Kampf.

Antoinette se dio cuenta de que sus mejillas alargadas, secas y morenas se sonrojaban.

—¿Cómo? ¿Un baile? ¿Tu madre organiza un baile?

Retorcía la tarjeta una y otra vez entre sus dedos, después se la pasó furtivamente por el dorso de la mano. ¿Estaba grabada o sólo impresa? Eso suponía al menos cuarenta francos de diferencia... Reconoció inmediatamente el grabado al tacto... Se encogió de hombros con sorna. Estos Kampf siempre habían sido de una vanidad y prodigalidad enfermizas... En otros tiempos, cuando Rosine trabajaba en el Banco de París (¡y no hacía tanto de eso, por Dios!) se gastaba todo su sueldo del mes en artículos de tocador... usaba ropa de seda... guantes nuevos cada semana... Iba a casas de citas, no cabía duda... Sólo las mujeres así eran felices... Las otras... Murmuró amargamente:

—Tu madre siempre ha tenido suerte...

«Está molesta», se dijo Antoinette, y le preguntó con una sonrisa maliciosa:

—Pero usted vendrá, ¿verdad?

—Déjame que te diga que haré lo imposible por ir, porque tengo muchas ganas de ver a tu madre —dijo mademoiselle Isabelle—; aunque, por otra parte, no sé si podré... Unos amigos, los padres de una joven alumna, son los Gros, Aristide Gros, el antiguo jefe de gabinete del ministro, estoy segura de que tu padre ha oído hablar de él, yo los conozco desde hace años, me han invitado al teatro y se lo prometí formalmente, lo entiendes ¿no? De todos modos, intentaré arreglármelas —concluyó, sin concretar nada más—, pero, en cualquier caso, puedes decirle a tu madre que estaría feliz, encantada de pasar un momento con ella...

—Sí, mademoiselle.

—Ahora, a trabajar, vamos, siéntate...

Antoinette hizo girar lentamente el taburete afelpado frente al piano. Podría haber dibujado de memoria las manchas y los agujeros de la tela... Comenzó por las escalas. Miraba fijamente un jarrón sobre la repisa de la chimenea, pintado de amarillo, lleno de polvo en su interior... Ni una flor... Y esas espantosas cajitas hechas de conchas en los estantes... Qué feo, qué miserable y qué siniestro aquel pisito oscuro al que la habían arrastrado durante años...

Mientras mademoiselle Isabelle organizaba las partituras, giró furtivamente la cabeza hacia la ventana... (debía de ser precioso el bosque, al crepúsculo, con aquellos árboles desnudos, delicados, invernales, y aquel cielo blanco como una perla...). Tres veces por semana, todas las semanas, durante seis años... ¿Su vida seguiría así hasta que muriera?

—Antoinette, Antoinette, ¿cómo colocas las manos? Desde el principio, por favor... ¿Habrá mucha gente en casa de tu madre?

—Creo que mamá ha invitado a doscientas personas.

—¡Ah! ¿Cree que habrá espacio suficiente? ¿No teme que haga demasiado calor, que estén demasiado apretados? Toca más fuerte, Antoinette, con garbo; tu mano izquierda está blanda, jovencita... Harás esta escala para la próxima vez y el ejercicio 18 del tercer libro de Czerny...

Las escalas, los ejercicios... durante meses y meses: *La muerte de Ase*, las *Canciones sin letra* de Mendelssohn, la Barcarola de *Los cuentos de Hoffmann*... Y bajo sus rígidos dedos de colegiala, todo se fundía en una especie de clamor informe y ruidoso...

Mademoiselle Isabelle marcaba el ritmo con un cuaderno enrollado en las manos.

—¿Por qué presionas así los dedos sobre las teclas? *Staccato, staccato...* ¿Crees que no veo cómo tensas el anular y el meñique? ¿Doscientas personas, dices? ¿Las conoces a todas?

—No.

—¿Llevará tu madre su nuevo vestido rosa de Premet?

—...

—¿Y tú? Asistirás al baile, supongo. ¡Ya eres lo bastante mayor!

—No lo sé —murmuró Antoinette con un doloroso estremecimiento.

—Más rápido, más rápido... así es como se debe tocar este movimiento... un, dos, un, dos, un, dos... Vamos, ¿estás dormida, Antoinette? Sigue, jovencita...

Que siga... ese pasaje erizado por sostenidos en el que se tropieza a cada golpe... En el apartamento de al lado, un niño que llora... Mademoiselle Isabelle ha encendido una lámpara... Afuera, el cielo se ha oscurecido, borrado... El péndulo toca cuatro campanadas... Otra hora perdida, apagada, que se escurre como agua entre los dedos para no volver jamás... «Quisiera irme lejos o morir...».

—¿Estás cansada, Antoinette? ¿Ya? Cuando yo tenía tu edad, tocaba seis horas al día... Un momento, no corras tanto, qué prisa tienes... ¿A qué hora debo presentarme el día 15?

—Está escrito en la invitación. A las diez en punto.

—Muy bien. Pero te veré antes.

—Sí, señorita...

Fuera, la calle estaba vacía. Antoinette se apoyó en la pared y esperó. Al cabo de un momento, reconoció los pasos de miss Betty, que se apresuraba del brazo de un hombre. Se lanzó hacia delante y chocó contra las piernas de la pareja. Miss Betty lanzó un débil grito.

—Oh, miss, ya llevo esperándola un cuarto de hora largo...

Por un momento, vio ante sus ojos el rostro de la señorita, tan cambiado que se detuvo como si dudara en reconocerlo. Pero no se fijó en la boquita lastimera, abierta y marchita como una flor forzada que miraba al «hombre» con avidez.

Era un chico muy joven. Un estudiante. Un colegial tal vez, con esos labios tiernos, inflamados por los primeros cortes de la navaja de afeitar... ojos bonitos y descarados... Fumaba. Mientras miss Betty balbuceaba una disculpa, él dijo en voz baja:

—Preséntame, prima.

—*My cousin, Antoinette* —jadeó miss Betty.

Antoinette le tendió la mano. El chico rio un poco, se calló; luego pareció pensar y finalmente propuso:

—Os acompaño, ¿no?

Los tres bajaron en silencio por la pequeña calle oscura y vacía. El viento soplaba contra el rostro de Antoinette un aire fresco, mojado por la lluvia, como empañado por las lágrimas. Aminoró el paso, miró a los amantes que caminaban delante de ella sin decir palabra, muy juntos. Qué rápido iban... Se detuvo. Ni siquiera giraron la mirada. «Si me atropellara un coche, ¿se darían cuenta?», pensó con singular amargura. Un hombre que pasaba tropezó con ella, haciéndola retroceder asustada. Pero sólo era el farolero; vio cómo tocaba las lámparas una a una con su larga pértiga, y se encendían de pronto en la noche. Todas aquellas luces que parpadeaban y titilaban como velas al viento... De repente sintió miedo. Corrió hacia delante con todas sus fuerzas.

Se reunió con los amantes frente al puente Alejandro III. Hablaban entre ellos, deprisa y en voz baja, muy cerca. El chico hizo un gesto de impaciencia al ver a Antoinette. Miss Betty pareció confusa un instante; luego, presa de una súbita inspiración, abrió su bolso y sacó el fajo de sobres.

—Tenga, *chérie*, aquí están las invitaciones de su madre que aún no he enviado... Corra lo más rápido que pueda hasta ese pequeño estanco, allí, en la callejuela de la izquierda... ¿ve la luz? Échelos en el buzón. La estaremos esperando aquí...

Puso el paquete en la mano de Antoinette; y luego se alejó a toda prisa. En medio del puente, Antoinette la vio detenerse de nuevo a esperar al muchacho, con la cabeza gacha. Se apoyaron contra la balaustrada.

Antoinette no se había movido. A causa de la oscuridad, sólo podía distinguir dos sombras confusas, y el Sena a su alrededor, negro y cubierto de destellos. Incluso cuando se besaron, sólo pudo adivinar, sin ver realmente, el desplome, esa especie de suave caída de dos rostros, uno contra otro; de pronto, se retorció las manos como una mujer celosa... Con el movimiento, un sobre se escapó y cayó al suelo. Se asustó y lo recogió apresuradamente, pero, al mismo tiempo, se avergonzó de aquel miedo: ¿a qué? ¿Siempre temblando como una niña? No estaba preparada para ser una mujer. ¿Y aquellos dos que seguían besándose? No habían despegado los labios... Una especie de vértigo se apoderó de ella, una necesidad salvaje de bravuconería y maldad. Con los dientes apretados, agarró todos los sobres, los arrugó entre las manos, los despedazó y los arrojó al Sena. Durante un largo instante, con el corazón en un puño, los vio flotar sobre el arco del puente. Y al final, el viento los arrastró hasta el agua.

V

Antoinette regresaba de su paseo con miss Betty, rondaban las seis de la tarde. Como nadie contestaba al timbre, miss Betty llamó dando unos golpes. Tras la puerta, oyeron el ruido de unos muebles siendo arrastrados.

—Deben de estar arreglando el guardarropa —dijo la inglesa—. El baile es esta noche; siempre se me olvida, ¿y a ti, *chérie*?

Sonrió a Antoinette con una expresión de temerosa y tierna complicidad. No había vuelto a ver a su joven amante delante de la muchacha; pero desde ese último encuentro, Antoinette había estado tan taciturna que sus silencios y sus miradas preocupaban a la señorita...

El criado abrió la puerta.

Inmediatamente, madame Kampf, que, en el comedor contiguo, vigilaba al electricista, se levantó de un salto:

—No podríais haber entrado por la escalera de servicio, ¿verdad? —gritó, furiosa—. Ya veis que estamos poniendo el guardarropa en la antesala. Ahora tendremos que empezar de nuevo, esto no se acaba nunca —continuó, levantando una mesa para ayudar al conserje y a Georges, que estaban arreglando la habitación.

En el comedor y en la larga galería que lo seguía, seis camareros con chaquetas de lino blanco disponían las mesas para la cena. En el centro estaba el bufé, decorado con flores brillantes.

Antoinette quiso entrar a su habitación, pero madame Kampf volvió a gritar:

—Por ahí no, por ahí no vayas... En tu cuarto está la barra de cócteles, y el suyo también está ocupado, señorita, esta noche dormirá usted en la lavandería, y tú, Antoinette, en el pequeño trastero... está al fondo del apartamento, así que podrás dormir, ni siquiera oirás la música... ¿Qué está haciendo? —le dijo al electricista, que trabajaba sin prisa y tarareando—, ya ve que esa bombilla no funciona...

—Eh, todo lleva su tiempo, señora...

Rosine se encogió de hombros irritada:

—... Tiempo, tiempo, pues ya lleva una hora —murmuró sin entusiasmo.

Apretaba iracundamente las manos mientras hablaba, en un gesto tan idéntico al de Antoinette enfadada, que la niña, inmóvil en el umbral de la casa, se estremeció de pronto, como al encontrarse de improviso frente a un espejo.

Madame Kampf iba vestida con una bata, los pies descalzos cubiertos por unos calcetines; sus cabellos sueltos se enroscaban como serpientes alrededor de su rostro llameante. Alcanzó a ver al florista, que, con los brazos llenos de rosas, intentaba pasar junto a Antoinette, pegada a la pared:

—Disculpe, señorita.

—Vamos, muévete, venga —le gritó tan bruscamente que Antoinette, al dar un paso atrás, golpeó al hombre en el codo y deshojó una rosa.

—Eres insoportable —continuó, con una voz tan alta que la cristalería, sobre la mesa, tintineó—, ¿qué haces aquí, metiéndote entre las piernas de la gente, molestando a todo el mundo? Vete, vete a tu cuarto, no, a tu cuarto no, al cuarto de la colada, donde quieras; ¡pero que nadie te vea y que yo no te oiga!

Con Antoinette fuera de su vista, madame Kampf atravesó el comedor a toda prisa, pasó por la despensa abarrotada de cubiteras de champán llenas de hielo, y entró en el despacho de su marido. Kampf estaba al teléfono. Apenas esperó a que colgara el auricular y exclamó de inmediato:

—Pero ¿qué haces que aún no te has afeitado?

—¿A las seis? ¡Estás loca!

—Para empezar, son las seis y media, y puede que haya que hacer compras de última hora, así que es mejor estar preparado.

—Estás loca —repitió, impaciente—, los criados están aquí para encargarse de las compras...

—Me gusta cuando empiezas a comportarte como un aristócrata y un caballero —dijo encogiéndose de hombros—: «los criados están aquí...». Más te vale cuidar tus modales cuando lleguen los invitados...

Kampf chilló:

—¡Ay! No empieces a alterarte, ¿eh?

—Pero, ¿cómo esperas que mantenga la calma? —gritó Rosine, con llanto en la voz—, ¡cómo esperas que mantenga la calma! ¡Nada va bien! ¡Esos malditos criados nunca estarán listos! Tengo que estar en todas partes, pendiente de todo, y hace tres noches que no duermo; no sé qué hacer, ¡siento que me estoy volviendo loca!...

Agarró un pequeño cenicero plateado y lo tiró al suelo, pero este gesto violento pareció calmarla. Sonrió un poco avergonzada:

—No es culpa mía, Alfred...

Kampf sacudió la cabeza sin contestar. Como Rosine se volvía a marchar, la llamó:

—Oye, quería preguntarte, ¿aún no has recibido nada, ni una respuesta de ninguno de los invitados?

—No, ¿por qué?

—No sé, me parece raro... Quería preguntarle a Barthélemy si había recibido su invitación, pero justo hace una semana que no lo veo en la Bolsa... ¿Y si le llamo?

—¿Ahora? Sería una tontería.

—Pero sigue siendo raro —dijo Kampf.

Su mujer interrumpió:

—Bueno, es que no es normal eso de responder, ¡eso es todo! O se viene o no se viene... ¿Y sabes qué? Hasta me alegro... Significa que nadie ha pensado en decepcionarnos... Al menos se habrían disculpado, ¿no crees?

Como su marido no respondía, preguntó con impaciencia:

—¿Verdad, Alfred? ¿Tengo razón? ¿La tengo? ¿Qué me dices?

Kampf extendió los brazos.

—No sé nada… ¿Qué quieres que te diga? No sé más que tú...

Se miraron un momento en silencio. Rosine suspiró y bajó la cabeza.

—Dios mío, es como si estuviéramos perdidos, ¿verdad?

—Ya pasará —dijo Kampf.

—Lo sé, pero mientras tanto... ¡Oh, si supieras el miedo que tengo! Desearía que todo se hubiera acabado ya...

—No te pongas nerviosa —repitió Kampf dócilmente.

Pero incluso él le daba vueltas a su abrecartas entre las manos, con aire distraído. Aconsejó:

—Sobre todo, tú habla lo menos posible... con frases hechas... «Me alegro de verte... ¿Por qué no comes algo? Hace calor, hace frío...».

—Lo que va a ser terrible —dijo Rosine preocupada—, serán las presentaciones... Piénsalo, toda esta gente que sólo he visto una vez en mi vida, apenas recuerdo sus caras... y no se conocen entre ellos, no tienen nada en común...

—Dios mío, ya les dirás cualquier cosa. Después de todo, todo el mundo ha pasado por esta situación, todo el mundo empieza de alguna manera.

—¿Te acuerdas —preguntó bruscamente Rosine— de nuestro pequeño piso de la rue Favart? ¿Y de cuánto dudamos antes de cambiar el viejo diván del comedor, que estaba tan hecho polvo? Eso fue hace cuatro años y mira... —añadió, señalando los pesados muebles de bronce que los rodeaban.

—¿Quieres decir —preguntó él— que dentro de cuatro años estaremos recibiendo a embajadores, y entonces nos acordaremos de esta noche en la que estábamos aquí temblando porque se iban a presentar cien proxenetas y sus zorras viejas? ¿Eh?

Riendo, Rosine le tapó la boca con la mano.

—¡Cállate!

Al salir, se topó con el *maître*, que había venido a advertirle de que los agitadores[5] no habían llegado con el cham-

---

5. *N. de la T.:* En francés «mosser»; utensilio de plata, cristal o marfil que se solía utilizar para remover el champán una vez servido en la copa

pán; y el barman pensaba que no tendría suficiente ginebra para los cócteles.

Rosine se agarró la cabeza con ambas manos.

—Por favor, es lo único que no puede faltar —empezó a gritar—, no me lo podría haber dicho antes, ¿verdad? ¿Dónde se supone que conseguiré ginebra a estas horas? Todo está cerrado... y los agitadores...

—Envía al chófer, *ma chère* —aconsejó Kampf.

—El chófer se ha ido a cenar —dijo Georges.

—Pues claro —gritó Rosine, fuera de sí—, ¡pues claro! A él le importa un bledo... —se contuvo—. Le da igual que le necesitemos o no, ¡se ha ido a cenar! Otro que voy a despedir mañana a primera hora —añadió, dirigiéndose a Georges en un tono de voz tan furioso que el ayuda de cámara frunció de inmediato sus largos labios afeitados.

—Si madame dice eso por mí... —empezó.

—Claro que no, amigo mío, no, está usted loco... se me ha escapado; ya ve que estoy disgustada —dijo Rosine, encogiéndose de hombros—; coja un taxi y vaya ahora mismo al almacén de don Nicolas... Dale algo de dinero, Alfred...

Se apresuró a ir a su habitación, ordenando las flores a su paso y profiriendo órdenes a los camareros:

—Este plato de canapés está mal puesto... Enderecen un poco más la cola del faisán. ¿Dónde están los bocaditos de caviar fresco? No los pongan demasiado a la vista: todo el mundo se abalanzará sobre ellos. ¿Y las bandejas de *foie gras*? ¿Dónde están las bandejas de *foie gras*? ¡Apuesto

---

y reducir las burbujas. Esta práctica, sin embargo, ha caído totalmente en desuso y ahora se considera que deteriora la bebida.

a que nos hemos olvidado de las bandejas de *foie gras*! ¡Menos mal que meto las narices en todo...!

—Pero si estamos desempaquetándolas, señora —dijo el mayordomo.

La miraba con ironía mal disimulada.

«Debo de parecer ridícula», pensó de pronto Rosine al verse en el espejo, su rostro sofocado, su mirada perdida y sus labios temblorosos. Pero, igual que una niña agobiada, sentía que no podía calmarse, a pesar de todos sus esfuerzos; estaba agotada y al borde de las lágrimas.

Regresó a su habitación.

La camarera disponía sobre la cama el vestido de baile de lamé plateado con gruesos flecos decorados por perlas, los zapatos que brillaban como joyas, las medias de muselina.

—¿Madame cenará ahora? Le serviremos la comida aquí, para no desordenar las mesas...

—No tengo hambre —dijo Rosine en un arrebato.

—Como quiera madame, pero ¿podría ir yo a cenar, de una vez por todas? —dijo Lucie, apretando los labios, porque madame Kampf la había hecho coser durante cuatro horas todas las perlas de su vestido, que se deshilachaban—. Me gustaría señalar que ya son casi las ocho y que las personas no somos bestias salvajes.

—Pues vete, chica, vete, ¡acaso te estoy reteniendo! —exclamó madame Kampf.

Cuando se quedó sola, se tiró sobre el sofá y cerró los ojos; pero la habitación estaba helada, como una cueva: los radiadores estaban apagados en todo el apartamento desde la mañana. Se levantó y se acercó al tocador.

«Doy miedo...».

Comenzó a acicalarse la cara minuciosamente. Primero, una espesa capa de crema que extendía con ambas manos, luego el líquido rojo en las mejillas, el negro en las pestañas, la ligera raya que alargaba los párpados hacia las sienes, los polvos... Se maquillaba con extrema lentitud y, de vez en cuando, se detenía, levantaba el espejo y devoraba su imagen con los ojos, con una atención apasionada, ansiosa, y miradas ahora duras, luego recelosas y astutas. De repente, se agarró un pelo blanco de la sien con los dedos apretados y se lo arrancó con una mueca violenta. ¡Ah, la vida está mal hecha! Su rostro de los veinte años... sus mejillas florecidas... y las medias remendadas, la lencería remendada... Y ahora las joyas, los vestidos, las primeras arrugas... todo eso llegaba a la vez... Había que darse prisa en vivir, Dios mío, en complacer a los hombres, en amar... El dinero, la ropa bonita y los coches buenos, ¿de qué servía todo eso sin un hombre en su vida, un amante guapo y joven? Ese amante... lo había esperado tanto. Había escuchado y seguido a los hombres que le hablaban de amor cuando aún no era más que una pobre muchacha, porque iban bien vestidos, tenían manos bonitas y cuidadas... Qué patanes, todos ellos... Pero no había dejado de esperar... Y ésta era su última oportunidad, los últimos años antes de la vejez, la de verdad, la que no tenía remedio, la irremediable... Cerró los ojos, imaginando unos labios jóvenes, una mirada ansiosa y tierna, cargada de deseo...

Con prisas, como si corriera a una cita, se quitó la bata y empezó a vestirse: se puso las medias, los zapatos y el vestido con la agilidad de todas las que nunca han tenido una doncella. Las joyas... Tenía un cofre lleno... Kampf decía que eran las inversiones más seguras... Se puso su gran collar con dos hileras de perlas, todos sus anillos, en cada brazo unos enormes brazaletes de diamantes que la aprisionaban de las muñecas a los codos; luego se ciñó al corpiño un gran colgante adornado con zafiros, rubíes y esmeraldas. Brillaba como un altar. Retrocedió unos pasos y se miró con una sonrisa alegre... ¡Su vida empezaba, al fin...! Esa misma noche, ¿quién sabe...?

VI

Antoinette y miss Betty estaban terminando de cenar sobre una tabla de planchar colocada sobre dos sillas, en el cuarto de la colada. Detrás de la puerta se oían las carreras de los criados en la despensa y el ruido de la vajilla. Antoinette permanecía inmóvil, con las manos entrelazadas sobre las rodillas. A las nueve en punto, miss Betty miró su reloj.

—Hay que irse a la cama enseguida, *ma chère*... no oirá la música en la salita; dormirá bien.

Como Antoinette no respondía, dio una palmada mientras reía.

—Vamos, despierte, Antoinette, ¿qué le pasa?

La condujo hasta una pequeña alacena mal iluminada, amueblada apresuradamente con una cama de hierro y dos sillas.

Enfrente, al otro lado del patio, se percibían las relucientes ventanas del salón y del comedor.

—Desde aquí podrá ver a la gente bailando; no hay persianas —bromeó miss Betty.

Cuando se hubo marchado, Antoinette apretó ansiosa y ávidamente la frente contra los cristales; toda una parte de la pared estaba iluminada por la claridad ardiente, dorada de las ventanas. Unas sombras pasaban corriendo tras las cortinas de tul: los criados. Alguien entreabrió una ventana salediza y Antoinette distinguió claramente el sonido de los instrumentos que afinaban al fondo del salón. Los músicos ya estaban allí... Dios mío, eran más de las nueve... Llevaba toda la semana esperando una catástrofe imprecisa que hundiera el mundo a tiempo para que no se descubriera nada; pero esa noche transcurría como todas las noches. En un apartamento vecino, un reloj marcó la hora y media. Otros treinta minutos, tres cuartos de hora, y luego... Nada, nada pasaría, sin duda, porque cuando aquel día regresaron de su paseo, madame Kampf había preguntado, abalanzándose sobre miss con esa impetuosidad que al instante hacía perder la cabeza a las personas nerviosas: «Y bien, ¿ha echado usted las invitaciones al correo? ¿Está segura de que no ha perdido ninguna?», y la señorita había dicho: «Sí, madame Kampf». Sin duda, ella era la responsable, sólo ella... Y si la despedían, mala suerte, se lo merecía, recibiría una lección.

«Me da igual, me da igual», balbuceó y se mordía con fuerza las manos, que sangraban bajo sus jóvenes dientes afilados.

«Y esa otra, podrá hacerme lo que quiera, no me da miedo, ¡me da igual!».

Miró el patio oscurecido y profundo a través de la ventana.

—Me suicidaré y, antes de morir, diré que es sólo culpa de mi madre, sólo culpa suya, eso es todo —murmuró—: No tengo miedo a nada, me he vengado por adelantado...

Volvió a centrarse en su acecho; el cristal se empañaba bajo sus labios; lo frotaba con violencia y, de nuevo, pegaba la cara contra él. Al final, impaciente, abrió los postigos de par en par. La noche era fría y pura. En ese momento, veía claramente, con sus penetrantes ojos de quince años, las sillas alineadas a lo largo de la pared y a los músicos alrededor del piano. Permaneció inmóvil tanto tiempo que ya no sentía las mejillas ni los brazos desnudos. Por un momento, deliró hasta el punto de pensar que no había pasado nada, que había visto el puente, el agua negra del Sena, las invitaciones rotas volando al viento en un sueño, y que los invitados entrarían milagrosamente y daría comienzo la fiesta. Oyó la campana del reloj dar tres cuartos, y luego diez golpes... Diez campanadas... Entonces se estremeció y se deslizó fuera de la habitación. Caminó hacia el salón, como un asesino novato atraído por la escena de su propio crimen. Cruzó el pasillo, donde dos camareros, con la cabeza gacha, bebían champán a morro de la botella. Llegó al comedor. Estaba desierto, todo preparado, con la gran mesa en el centro dispuesta con carne de caza, gelatina de pescado, ostras en bandejas de plata, manteles de encaje veneciano, ramos de flores entre los platos y las frutas colocadas en dos pirámides iguales. A su alrededor, sobre las veladoras de cuatro y seis asientos, brillaban cristal, porcelana fina, plata y esmalte. Tiempo más tarde, Antoinette nunca fue capaz de comprender cómo se había atrevido a cruzar así, en toda su extensión, aquel cuarto resplandeciente. En el umbral del salón, vaciló un instante y entonces reparó en el gran sofá de seda del tocador contiguo; se arrodilló, se deslizó apretujada entre el respaldo del mueble y la cortina flotante; sólo quedaba un pequeño espacio donde podía permanecer, sujetándose con los brazos y las rodillas, y, al mover la cabeza hacia delante, ver el salón como si fuera el escenario de un teatro. Temblaba suavemente, aún congelada tras su larga estadía frente a la ventana abierta. Ahora el apartamento parecía dormido, tranquilo y silencioso. Los músicos hablaban en voz baja. Veía a un músico negro con sus dientes brillantes, a una dama vestida de seda, platillos tan grandes como un bombo de feria, un violonchelo enorme en un rincón. El músico suspiró, rozando con la uña una especie de guitarra, que emitió un ronroneo y un gemido apagado.

—Ahora se empieza y se acaba cada vez más tarde.

El pianista dijo unas palabras que Antoinette no oyó, y que hicieron reír a los demás. Y entonces los señores Kampf entraron bruscamente.

Cuando Antoinette los vio, hizo un movimiento como para hundirse en la tierra; se apretujó contra la pared, con la boca enterrada en el hueco de su codo doblado; pero oía sus pasos que se acercaban. Estaban muy cerca de ella. Kampf se sentó en un sillón frente a Antoinette. Rosine recorrió un momento la habitación, encendiendo y apagando los apliques de la repisa de la chimenea. Centelleaba, cubierta de diamantes.

—Siéntate —dijo Kampf en voz baja—, es una tontería agitarse así...

Se colocó de tal manera que Antoinette, que había abierto los ojos y movido la cabeza hacia delante de manera que su mejilla tocaba la madera del sofá, vio a su madre de pie frente a ella, y le llamó la atención una expresión en aquel rostro imperioso que nunca antes había visto: una suerte de desamparo, de celo, de miedo...

—Alfred, ¿crees que todo va a salir bien? —preguntó con la voz pura y temblorosa de una niña.

Alfred no tuvo tiempo de responder, pues el timbre sonó de repente por todo el piso.

Rosine juntó las manos.

—Dios mío, ¡ya empieza! —susurró como si se hubiera tratado de un terremoto.

Los dos se precipitaron hacia la puerta batiente del salón. Al cabo de un momento, Antoinette los vio regresar, flanqueados por mademoiselle Isabelle, que hablaba muy alto, con una voz distinta, ella también, inusual, aguda y punzante, con pequeños estallidos de risa que picaban sus frases como una garceta.

«Me había olvidado de ésta», pensó Antoinette con horror.

Madame Kampf, ahora radiante, hablaba sin parar; había recuperado su mirada arrogante y alegre; le guiñaba un ojo con picardía a su marido, señalándole sigilosamente el vestido de tul amarillo de mademoiselle Isabelle, que llevaba una boa de plumas alrededor de su cuello largo y seco, y que hacía girar con ambas manos como el abanico de Celimene[6]; y un binóculo de plata que colgaba del extremo de la cinta de terciopelo naranja que rodeaba su muñeca.

—¿No conocía esta estancia, Isabelle?

—Pues no, y es muy bonita. ¿Quién se la ha amueblado? Estas muñequitas son divinas. ¿Le sigue gustando el estilo japonés, Rosine? Yo siempre lo defiendo; se lo decía

---

6. *N. de la T.:* Nombre del personaje principal de *La cour de Célimène* (*La corte de Celimene*), ópera cómica de Ambroise Thomas y Joseph-Bernard Rosier, estrenada en París, en 1855. Se inspira en una conocida obra de Moliére, *El misántropo*. El personaje de Celimene es una condesa a la que corteja un gran número de pretendientes.

el otro día a los Bloch-Levy, la familia Salomon, ya los conoce... que criticaban este estilo por ser falso y «nuevo rico», como ellos dicen.

»Se puede decir lo que se quiera, pero es alegre, vivo, y el hecho de que sea más barato que el estilo Luis XV, por ejemplo, no es un defecto, al contrario...

—Pero si está totalmente equivocada, Isabelle —protestó Rosine con vehemencia—, los muebles antiguos de China y Japón tienen unos precios de locura... Y ese jarrón con los pájaros...

—Es un poco anticuado...

—Mi marido pagó diez mil francos por él en el Hôtel Drouot... ¿Qué estoy diciendo, diez mil francos?, doce mil, ¿verdad, Alfred? Oh, lo regañé, pero no demasiado; a mí también me encantan las curiosidades y las fruslerías, son mi pasión.

Kampf interrumpió:

—Tomarán una copa de oporto, ¿verdad, señoras? Trae —le dijo a Georges que entraba en el salón— tres copas de oporto Sandeman y bocaditos, bocaditos de caviar...

Cuando mademoiselle Isabelle se hubo alejado y mientras examinaba, cara a cara, un Buda dorado sobre un cojín de terciopelo, madame Kampf bufó con presteza:

—Bocaditos, estás loco, ¡no me harás alborotar todo el servicio por ella! Georges, nos traerá pastelitos secos en la cesta de Saxe, en la cesta de Saxe, ¿me oye?

—Sí, señora.

Volvió al cabo de un momento con la bandeja y la jarra de Baccarat. Los tres bebieron en silencio. Luego, madame Kampf y mademoiselle Isabelle se sentaron en el sofá tras el que se escondía Antoinette. Si hubiese estirado la mano, podría haber tocado los zapatos plateados de su madre y los tacones de aguja de raso amarillos de su profesora. Kampf caminaba arriba y abajo lanzando miradas furtivas al reloj.

—¿Y podéis decirme a quién veremos esta noche? —preguntó mademoiselle.

—¡Oh! —dijo Rosine—, a algunas personas encantadoras, algunas viejas tediosas también, como la vieja marquesa de San Palacio, a quien debo corresponder por su cortesía; pero le gusta tanto venir aquí... La vi ayer, estaba a punto de marcharse; me dijo: «Querida, he retrasado ocho días mi partida hacia el Sur por culpa de tu fiesta: se divierten tanto en tu casa...».

—Ah, ¿así que ya ha dado otros bailes? —preguntó mademoiselle, frunciendo los labios.

—No, no —se apresuró a decir madame Kampf—, sólo tés. No la invité porque sé que está muy ocupada durante el día...

—Sí, en efecto; de hecho, estoy pensando en dar conciertos el año que viene...

—¿Ah, sí? ¡Pues es una idea excelente!

Se quedaron en silencio. Mademoiselle Isabelle volvió a examinar las paredes de la habitación.

—Encantador, absolutamente encantador, un gusto...

De nuevo se hizo el silencio. Ambas mujeres tosieron. Rosine se alisó el pelo. Mademoiselle Isabelle se arregló cuidadosamente la falda.

—Estos últimos días hemos tenido un tiempo estupendo, ¿verdad?

Kampf intervino de repente:

—Venga, ¿nos vamos a quedar de brazos cruzados? ¡Qué tarde llega la gente! Ponía que empezaba a las diez en las invitaciones, ¿verdad, Rosine?

—Veo que he llegado demasiado pronto.

—Claro que no, querida, ¿qué está diciendo? Es un hábito terrible llegar tan tarde, es deplorable...

—Propongo una ronda de baile —dijo Kampf, aplaudiendo juguetonamente.

—Por supuesto, ¡es una gran idea! Ya pueden empezar a tocar —gritó madame Kampf a la orquesta—: un charlestón.

—¿Baila el charlestón, Isabelle?

—Claro que sí, un poco, como todo el mundo...

—Pues no le faltarán parejas. Por ejemplo, el marqués de Itcharra, sobrino del embajador español, se lleva todos los premios de baile en Deauville, ¿verdad, Rosine? Mientras tanto, abramos el baile.

Se alejaron y la orquesta sonó en el salón desierto. Antoinette vio que madame Kampf se levantaba, corría hacia la ventana y pegaba (ella también, pensó Antoinette) la cara contra el frío cristal. El reloj marcaba las diez y media.

—Dios mío, Dios mío, pero ¿qué están haciendo? —susurró agitada madame Kampf—. Que el diablo se lleve a esa vieja loca —añadió casi en voz alta, e inmediatamente dio una palmada y gritó, riendo—: ¡Ah! Encantadora, encantadora; no sabía que bailaba así, Isabelle.

—Baila como Joséphine Baker —respondió Kampf desde el otro extremo de la sala.

Cuando terminó el baile, Kampf gritó:

—Rosine, voy a llevar a Isabelle al bar, no esté celosa.

—¿No viene con nosotros, *ma chère*?

—Un momento, si no le importa, daré unas órdenes para los criados y me reuniré con ustedes...

—Voy a estar coqueteando con Isabelle toda la noche, te lo advierto, Rosine.

Madame Kampf encontró fuerzas para reírse y amenazarlos con el dedo, pero no dijo ni una palabra y, en cuanto se quedó sola, volvió a arrojarse contra la ventana. Se oían los coches que pasaban por la avenida; algunos aminoraban la marcha delante de la casa; y entonces madame Kampf se inclinaba y clavaba los ojos en la oscura calle invernal, pero los coches se alejaban, el ruido del motor se desvanecía y se perdía en las sombras. Además, a medida que pasaba el tiempo, los coches eran cada vez menos frecuentes, y durante largos minutos no se oía ni un ruido en la desierta avenida, como en las ciudades de provincia; sólo el sonido del tranvía en la calle de al lado, y bocinas en la lejanía, suavizadas y aligeradas por la distancia...

A Rosine le castañeaban las mandíbulas, como si tuviera fiebre. Las once menos cuarto. Las once menos diez. En el salón vacío, un reloj daba las campanadas con golpes cortos y apresurados, con una tonalidad brillante, clara y plateada; el reloj del comedor respondía, insistentemente, y, al otro lado de la calle, un gran reloj en el frontispicio de una iglesia pulsaba lenta y gravemente, cada vez más y más fuerte a medida que pasaban las horas.

—... Nueve, diez, once —gritó desesperada madame Kampf, levantando al cielo sus brazos llenos de diamantes—. ¿Qué pasa? Pero ¿qué ha pasado, dulce Jesús?

Alfred regresaba con Isabelle; los tres se miraron sin hablar.

Madame Kampf se rio nerviosamente:

—Es un poco extraño, ¿no? Espero que no haya pasado nada...

—Oh, *ma chère petite*, a menos que haya habido un terremoto... —dijo mademoiselle Isabelle con tono de triunfo.

Pero madame Kampf aún no se rendía. Dijo, jugando con sus perlas, pero con la voz ronca por la angustia:

—Oh, eso no significa nada. Piensa que el otro día estuve en casa de mi amiga, la condesa de Brunelleschi: los primeros invitados empezaron a llegar a las doce menos cuarto. Y así...

—Debe de ser muy exasperante para la anfitriona, qué irritante —murmuró mademoiselle Isabelle con suavidad.

—Es... es un hábito que se adquiere, ¿no?

Justo entonces, sonó el timbre. Alfred y Rosine corrieron hacia la puerta.

— ¡Tocad! —gritó Rosine a los músicos.

Atacaron un *blues* con vigor. No entraba nadie. Rosine no pudo aguantar más. Gritó:

—Georges, Georges, ha sonado el timbre, ¿no lo ha oído?

—Son los helados que pedimos del restaurante Rey.

Madame Kampf explotó:

—Les digo que ha ocurrido algo, un accidente, un malentendido, un error en la fecha, la hora, ¡no lo sé! Las once y diez, son las once y diez —repetía con desesperación.

—¿Ya son las once y diez? —exclamó mademoiselle Isabelle—, pues es verdad, usted tenía razón, el tiempo vuela con ustedes, mis felicitaciones... De hecho, ya son las once y cuarto, creo, ¿lo oyen sonar?

—Bueno, ¡ya no tardarán mucho en llegar! —dijo Kampf en voz alta.

Los tres volvieron a sentarse, pero no hablaron más. Se oía a los criados reírse a carcajadas en la despensa.

—Vaya a callarlos, Alfred —dijo por fin Rosine, con la voz temblorosa de furia—: ¡ya!

A las once y media apareció el pianista.

—¿Tenemos que esperar más, señora?

—No, ¡fuera, todos! —gritó Rosine bruscamente, como si estuviera a punto de sufrir un ataque de nervios—: ¡les pagamos, y fuera! No va a haber baile, no va a haber nada: ¡esto es una afrenta, un insulto, un complot urdido por enemigos para ridiculizarme! Si viene alguien ahora, no quiero verle, ¿me oyen? —continuó con violencia creciente—. Digan que me he ido, que hay un enfermo grave en casa, un muerto, ¡lo que quieran!

Mademoiselle Isabelle se apresuró en decir:

—Vamos, *ma chère*, no pierda toda la esperanza. No se atormente tanto, se pondrá usted enferma... Desde luego que comprendo cómo debe sentirse, *ma chère*, mi pobre amiga: pero el mundo es tan perverso, ¡ay! Debería decirle algo, Alfred, mimarla, consolarla...

—¡Qué ridículo! —musitó Kampf entre dientes apretados, con el rostro pálido—. ¿Se va a callar de una vez?

—Vamos, Alfred, no le grite, al contrario, abrácela...

—¡Y qué puedo hacer, si le gusta hacer el ridículo!

Se giró bruscamente y llamó a los músicos:

—¿Qué hacen aquí todavía? ¿Cuánto les debemos? Y váyanse inmediatamente, por el amor de Dios...

Mademoiselle Isabelle recogió lentamente su boa de plumas, su pañuelo y su bolso.

—Creo que mejor me retiro, Alfred, a menos que pueda serle de ayuda en lo que haga falta, mi pobre amigo...

Como no le respondía nada, se inclinó y besó la frente inmóvil de Rosine, que ya ni siquiera lloraba, y permanecía con los ojos fijos y secos:

—*Adieu, ma chérie*, créame, estoy desesperada, me llevo la peor parte —susurró, mecánicamente, como en el cementerio—: no, no, no me acompañe a la puerta, Alfred, me voy, me voy, que llore todo lo que quiera, mi pobre amiga, llorar es un alivio —gritó una última vez con todas sus fuerzas al centro del salón desierto.

Alfred y Rosine la escucharon decir a los criados, mientras cruzaba el comedor:

—Sobre todo, no hagan ruido; madame está muy alterada, muy angustiada.

Y, por último, el zumbido del ascensor y el ruido sordo de la puerta cochera al abrirse y cerrarse de nuevo.

—Vieja canalla —murmuró Kampf—, si al menos...

No terminó. Rosine, levantándose de repente, con el rostro bañado en lágrimas, le enseñó el puño y gritó:

—Tú, imbécil, es culpa tuya, de tu sucia vanidad, de tu orgullo de pavo real, ¡es culpa tuya...! ¡Monsieur quiere organizar un baile! ¡Recibir a gente! ¡Es para morirse de la risa! ¡Dios mío, crees que la gente no sabe quién eres, de dónde vienes! ¡Nuevo rico! ¡Se han reído a gusto de ti, ¿eh?, tus amigos, tus preciosos amigos, ladrones, estafadores!

—¡Y los tuyos, tus condes, tus marqueses, tus gigolós!

Siguieron gritándose el uno al otro, una sarta de palabras furiosas y violentas que fluían como un torrente. Entonces Kampf, con los dientes apretados, dijo más bajo:

—¡Cuando te recogí, ya te habías arrastrado por Dios sabe dónde! ¡Pensabas que no me había enterado de nada, que no lo sabía! Yo creía que eras guapa, inteligente, que si me hacía rico me harías sentir orgulloso... Pues ya veo que he acertado completamente, no se puede negar, ha sido un buen negocio, los ademanes de una pescadera, una vieja con modales de cocinera...

—Pues otros bien que se han contentado con esto...

—Lo dudo. Pero no me des detalles. Mañana, te arrepentirías...

—¿Mañana? Pero ¿tú crees que pasaría otra hora contigo después de todo lo que me has dicho? ¡Bruto!

—¡Vete! ¡Vete al infierno!

Se marchó dando un portazo. Rosine llamó:

—¡Alfred, vuelve!

Y esperó, con la cabeza vuelta hacia el salón, anhelante, pero él ya estaba lejos... Bajaba por las escaleras. En la calle, su voz furiosa gritó durante un rato: «Taxi, taxi...» y luego se alejó, se perdió tras una esquina.

Los criados habían subido, dejando las luces que ardían y las puertas entreabiertas... Rosine permanecía inmóvil, con su vestido brillante y sus perlas, desplomada en un sillón.

De pronto, hizo un movimiento brusco, tan hosco y repentino que Antoinette se estremeció y, al echarse hacia atrás, se golpeó la frente con la pared. Se encogió aún más, temblando; pero su madre no había oído nada. Se arrancaba las pulseras una a una, tirándolas al suelo. Una de ellas, hermosa y pesada, engastada con enormes diamantes, rodó bajo el sofá, a los pies de Antoinette. Antoinette, como clavada en su sitio, miraba.

Vio el rostro de su madre, en el que las lágrimas fluían, mezclándose con el maquillaje, un rostro arrugado, con muecas, hinchado, infantil, cómico... conmovedor... Pero Antoinette no se emocionaba; no sentía más que una especie de desdén, una despectiva indiferencia. Más tarde le diría a algún hombre: «Oh, yo era una niña terrible, ¿sabe? Imagínese, una vez...». De repente, se sintió rica por todo su futuro, por toda su fuerza juvenil intacta, y por poder pensar: «Cómo puede alguien llorar así, por esto... ¿Y el amor? ¿Y la muerte? Ella morirá un día... ¿es que lo ha olvidado?».

¿Así que las personas mayores sufrían también, incluso ella, por cosas fútiles y triviales? Y Antoinette, que las había temido, había temblado ante ellas, sus gritos, su cólera, sus amenazas vanas y absurdas... Suavemente, salió de su escondite. Por un momento, oculta en las sombras, miró a su madre, que ya no sollozaba, pero permanecía ensimismada: las lágrimas corrían hasta su boca y no se las secaba. Entonces se irguió, se acercó.

—Mamá.

Madame Kampf se sobresaltó bruscamente.

—¿Qué quieres, qué haces aquí? —gritó, nerviosa—. ¡Vete, vete ahora mismo! ¡Déjame en paz! ¡Ya no puedo tener ni un minuto de paz en mi propia casa!

Antoinette, un poco pálida, con la cabeza inclinada, no se movía. Los estallidos de voz sonaban en sus oídos, débiles y privados de toda su fuerza, como truenos en el teatro. Un día, muy pronto, le diría a un hombre: «Mamá gritará, pero así son las cosas...».

Alargó poco a poco la mano, la colocó sobre los cabellos de su madre, los acarició con dedos ligeros, ligeramente temblorosos.

—Mi pobre mamá, venga...

Por un momento, Rosine, maquinalmente, se resistió, la apartó, sacudió su rostro convulso:

—Déjame en paz, vete... déjame en paz, te digo...

Y entonces una expresión débil, derrotada y lastimera atravesó sus facciones:

—Ah, mi pobre hija, mi pobre pequeña Antoinette; eres tan feliz, tú; no sabes aún lo injusto, malo, perverso que es el mundo... esas personas que me sonreían, que me invitaban, se reían de mí a mis espaldas, me despreciaban porque yo no pertenecía a su mundo, una panda de miserables, panda de... ¡pero tú no puedes entenderlo, mi pobre hija! ¡Y tu padre! ...Oh, espera, ¡ya sólo te tengo a ti! —terminó de repente—, eres todo lo que tengo, mi pobre hijita....

La estrechó entre sus brazos. Y como apretaba la carita muda de la niña contra sus perlas, no la vio sonreír. Le dijo:

—Eres una buena hija, Antoinette...

Aquel fue el segundo, el destello inasible en el que las dos se cruzaban «en el camino de la vida», una subiría y la otra se hundiría en las sombras. Pero ninguna lo sabía. Sin embargo, Antoinette repitió en voz baja:

—Mi pobre mamá...

París, 1928

EPÍLOGO

En noviembre del año 2004, la novela *Suite francesa* recibió el prestigioso Premio Renaudot; una recompensa no exenta de polémica en Francia, a pesar del éxito inapelable de la obra, pues iba en contra de los estatutos del certamen: «Hay que recordar que los premios están hechos para promover al escritor. No estamos aquí para recompensar todas las injusticias sufridas por los muertos. ¿Y si el año que viene coronásemos una obra inédita de Alejandro Dumas?, ¿por qué no?»[7], dijo entonces uno de los miembros del jurado, como prueba de la controversia. Irène Némirovsky había muerto en el campo de exterminio de Auschwitz sesenta y dos años antes. Desde entonces y hasta ese deslumbrante 2004, en contra de los tímidos esfuerzos de sus hijas y de algunos editores, la escritora y su obra permanecían en el olvido (tal vez, porque la memoria colectiva francesa no estaba preparada para recibir según qué recuentos de la ocupación nazi y del régimen de Vichy; después de todo, como había dicho el general De Gaulle, todos fueron resistentes).

Y sin embargo, en vida, Némirovsky había llegado a ser considerada una de las grandes escritoras de su generación, por delante incluso de Colette, según algunos críticos del momento —una visión que se confirmaría dé-

---

7. Claire Devarrieux: «Un Renaudot à titre posthume», *Libération* (9 de noviembre de 2004).

cadas más tarde—. Su novela *David Golder* fue todo un acontecimiento literario, un triunfo que entusiasmó al editor Bernard Grasset, que llegó a publicarse en el lejano Japón y que incluso se adaptó al cine. Pero, como no podía ser de otra manera, esta novela también trajo consigo grandes dosis de polémica, pues presenta el retrato cruel de un hombre judío, viejo y rico, y de su aborrecible familia. Donde una parte de la izquierda podía distinguir una crítica al capitalismo rampante en pleno crac bursátil de 1929, otros criticaban el antisemitismo de la escritora; en cuanto a los antisemitas, creían confirmar sus deplorables odios a través del estereotípico retrato de un Golder feo y avaro... Quizás ignorando que Irène Némirovsky era una mujer judía y que su obra estaba representando, ni más ni menos, a todo un segmento de la sociedad francesa.

Nacida en Kiev, en el seno de una familia judía que renegaba de sus tradiciones ante la aterradora realidad de los pogromos, Némirovsky vivió una infancia marcada por un padre ausente, un burgués advenedizo con especial talento para la especulación, y una madre vanidosa, obsesionada por la riqueza y el estatus social. Su nacimiento en febrero de 1903 coincidió premonitoriamente con el último gran baile zarista; tras el cual, el duque Alejandro Románov escribiría: «El destello deslumbrante de una Rusia nueva y hostil se colaba por los grandes ventanales del palacio. Este imponente [baile] debió de causar una extraña impresión a los embajadores: mientras bailábamos, los obreros estaban en huelga y en el Extremo Oriente las nubes se abatían cada vez más cerca de nosotros»[8]. Aunque los Némirovsky vivían una vida de lujos, estaban muy lejos de asistir a esas fiestas zaristas, ya por entonces anacrónicas, a las que la madre de Irène no dejó de aspirar, eternamente mortificada por su condición de «nueva rica»...

Con el estallido de la Revolución bolchevique de 1917, la familia se exilió en París, donde se instalaron en un palacete del oneroso distrito XVI. Pasaban los veranos en Niza y allí se codeaban tanto con los rusos blancos exiliados, como con la alta burguesía francesa. La joven Némirovsky disfrutaba de riquezas y fiestas sin preocuparse demasiado por lo que ocurría a su alrededor, lo cual no impidió que se matriculara en la Sorbona para estudiar literatura (apenas unos años antes que Simone de Beauvoir). Según se acostumbraba entre la alta sociedad rusa de finales del siglo XIX y principios del siglo XX (y como criticó León Tolstói en *Guerra y paz*), la joven Irène había sido educada en francés, que era para ella como su lengua materna, la lengua en la que pensaba y la lengua en la que escribía. Durante su infancia solitaria en la Rusia imperial, Irène se refugiaba en la lectura de los grandes escritores franceses, como Balzac, Stendhal, Maupassant... y su paso por la Sorbona no hizo sino confirmar sus ambiciones literarias. Todos los elementos estaban, por lo tanto, perfectamente dispuestos para que, en 1929, se publicara *El baile*.

---

8. Douglas Smith: *El ocaso de la aristocracia rusa*. Barcelona, Tusquets, 2015.

UNA CHICA ADOLESCENTE

No es difícil reconocer las piezas de la biografía de Irène Némirovsky en el manuscrito de *El baile*, igual que ocurre con casi toda su obra, y sobre todo con sus primeros escritos. Si por algo destacan sus cuentos y novelas es por una serie de temas y personajes que se repiten, que son un reflejo de la realidad y de las personas que la rodeaban. Pero la joven escritora también se retrata en parte a sí misma, sus deseos, anhelos y preocupaciones, en este caso todavía infantiles, particularmente mezquinos y egoístas; pero también lánguidos y tristes...

«Quisiera irme lejos o morir...».

Esta frustración y melancolía propias de la experiencia adolescente son protagonistas de *El baile*, encarnadas por una Antoinette de catorce años que no puede esperar para convertirse en adulta y por su madre, una mujer desesperada por conservar la malicia de esa juventud que se le escapa, o que se le ha escapado ya. Así, a lo largo del relato, Antoinette no deja de sorprenderse al reconocer sus propios gestos de impaciencia e inseguridad en su madre, una mujer adulta a quien hasta entonces ha respetado y temido, pero que se desvela como poco más que una niña conforme avanza el relato.

El baile y sus preparativos, de los que Antoinette no está excluida, pero al que no podrá asistir, cristalizan la constante decepción adolescente. Entre la infancia y la edad adulta, la joven intuye la realidad decepcionante en la que viven «las personas mayores» al observarlas desde lejos; pero, aunque es capaz de criticar y reírse del fraudulento mundo de los adultos, no puede evitar fantasear con un futuro de libertad para sí misma, cuando sea mayor...

El rol recurrente de los umbrales en este texto, desde los que Antoinette observa el mundo de los adultos sin penetrar en él, sirve también para insistir en ese aspecto liminar de la adolescencia.

«No dijo nada más, pero cuando miss Betty, tras recomendarle que se diera prisa, la dejó frente a la casa donde vivía mademoiselle Isabelle, Antoinette esperó un momento, escondida en el umbral de la puerta caballeriza, y observó a la inglesa que se dirigía a toda prisa hacia un taxi parado en la esquina de la calle. El coche pasó muy cerca de Antoinette, que se puso de puntillas y miró, curiosa y temerosa, hacia el interior. Pero no vio nada. Por un momento permaneció inmóvil, siguiendo con la mirada el taxi que se alejaba».

Así que Antoinette, como cualquier adolescente, se encuentra justo en la entrada, dispuesta a ser mayor y dejar la infancia atrás. Una infancia, por otro lado, muy poco idealizada en esta novela, más bien todo lo contrario... En *El baile* no se encuentra ni un ápice de nostalgia hacia esa niñez, nada feliz para Antoinette y desdeñable para sus padres:

«"Ah, sí, la divina juventud, ¡qué chiste, eh, qué chiste!" Repitió con rabia, mordiéndose las manos con tanta fuerza que sintió que le sangraban bajo los dientes:

—Divina... divina... preferiría estar enterrada en lo más profundo de la tierra...».

Tal vez la institutriz inglesa, miss Betty, sea la única que demuestra, ocasional y torpemente, preocuparse por su pupila. Sin embargo, miss Betty también representa todo lo que Antoinette quiere y no puede ser: una mujer joven y libre, que vive amoríos, y por eso la detesta. De hecho, es miss Betty, y no la madre, quien provoca la cascada de emociones que culmina en el fracaso final del baile de los Kampf y en la previsible implosión familiar. Cuando Antoinette la ve besar a su novio sobre el puente Alejandro III, la invaden unos celos tan violentos que arroja todas las invitaciones de la fiesta al cauce del Sena...

Esos arrebatos emocionales incontrolables y esa insistente melancolía son propios de una adolescencia vivida en una «jaula de oro» por una niña consentida, pero apresada en un mundo rígido, de apariencias y presiones sociales o familiares. Una juventud tal vez ruin, como demuestra el comportamiento de Antoinette, pero en cierto sentido disculpable («pobre niña rica»)... Pero, además, también hay algo eminentemente femenino en la experiencia adolescente que describe aquí Némirovsky.

Muchas lectoras (y lectores) de *El baile* se habrán reconocido en el retrato adolescente, en el ambiente dramáticamente taciturno, ligero a la vez que grave, que sigue tan vigente hoy, aunque el charlestón haya pasado de moda. En la actualidad, la figura de la *«sad girl»* goza de plena salud en redes sociales y se caracteriza por compartir un imaginario en el que la joven Antoinette de la década de 1930 se habría reconocido sin dudar (de hecho, en su irrefrenable intención nostálgica, este imaginario adolescente *sad* toma prestados muchos códigos y referentes del pasado; como es el caso de una de las *sad girls* más influyentes, la cantante Lana del Rey).

La gran exponente actual de este género (si se lo puede llamar así) es Sofia Coppola, cuyas películas exploran los mismos temas que preocupan a la joven Antoinette y que ocupan también a Némirovsky: el vacío existencial, la futilidad de una vida de excesos y, en parte, la feminidad. «*Obviously, Doctor, you've never been a thirteen year old girl*», dice una de las hermanas protagonistas de *Las vírgenes suicidas*, que resuena como un eco en las palabras de Antoinette: «Te lo ruego, mamá, te lo ruego... Tengo catorce años, mamá...». Aunque, sin duda, la escena de la clase de piano con mademoiselle Isabelle es la que mejor encapsula los penosos sentimientos adolescentes de la protagonista, y resulta muy fácil establecer paralelismos entre esta descripción y la filmografía de Coppola.

Igual que en *El baile*, que se publicó en el año del crac bursátil que daría pie al auge del fascismo en Europa, las protagonistas adolescentes de Coppola suelen vivir en un contexto histórico decadente que ignoran casi por completo (en *Las vírgenes suicidas* es el final del esplendor industrial de Detroit y de los valores de la clase media católica en Estados Unidos; en *María Antonieta*, el reinado de Luis XVI y el fin de la monarquía francesa...). Y como el cine de Coppola, *El baile* deja entrever esas deficiencias históricas a través de la psicología de sus personajes, aunque sin duda Némirovsky va un paso más allá al enunciar una brillante crítica social costumbrista. No es posible hablar de feminismo como tal para referirse a *El baile*, pero no hay duda de que este relato se centra alrededor de la soledad de una joven en un mundo en el que nadie sabe valorarla por quien es; es decir, en la experiencia de una chica adolescente.

LA ENEMIGA

Como ya se ha mencionado, parece que una parte integrante de la experiencia adolescente es la decepción con respecto al mundo de los adultos y el enfrentamiento a la autoridad, en concreto a la de los padres. Y si bien Némirovsky explora los mismos temas y personajes a lo largo de toda su obra, el asunto de la madre merece aquí una atención especial. *El baile* puede leerse como un retrato de la mezquindad adolescente, pero ciertamente también como el de la turbulenta relación de una madre y su hija.

«¡Esa mujer, esa mujer que se ha atrevido a amenazarme!».

Cuando no se dirige a ella directamente, la joven Antoinette se refiere a su madre como «esa mujer», desapegándose y renegando del vínculo íntimo y familiar que debería unirlas. No sólo eso, sino que incluso sueña con suicidarse, con desaparecer, para tomarse la revancha de todas las humillaciones que cree que ha sufrido por su culpa. La abundancia de puntos suspensivos en las réplicas discursivas de la madre también da a entender la falta de interés de Antoinette por sus palabras, como si hubiese partes de su discurso que no merecen la pena ser transcritas. Finalmente, esa cruel venganza se cumple de otro modo, después de que Antoinette arroje las doscientas invitaciones para el baile al río Sena (salvo una) y la tan ansiada velada termine en fracaso. Esa venganza parece consecuencia de un arrebato adolescente sin plan o estrategia premeditada, pero la despiadada crueldad de Antoinette se demuestra por su falta de arrepentimiento y su sonrisa final, al ver derrotada a su rival...

> «[La madre] La estrechó entre sus brazos. Y como apretaba la carita muda de la niña contra sus perlas, no la vio sonreír. Le dijo:
> —Eres una buena hija, Antoinette...
> [...] Antoinette repitió en voz baja:
> —Mi pobre mamá...».

Así, el fracaso del baile puede interpretarse como un escarmiento social, una dura lección dirigida a los nuevos ricos de las décadas de 1920 y 1930 a manos de una joven (siguiendo la misma línea que *David Golder*). Pero si se tiene en cuenta toda la obra y la biografía de Némirovsky, también puede interpretarse simple y llanamente como un escarmiento a la figura de su propia madre, que habría servido de inspiración para el personaje de madame Kampf, entre otras madres literarias. Más concretamente, un año antes de *El baile*, en 1928, Némirovsky publicaba *La enemiga*, una breve novela que se centra enteramente en la relación entre madre e hija, y la venganza de esta última.

Esa «enemiga» es, por supuesto, la madre: una mujer vana y arrogante, demasiado preocupada por sus relaciones sociales y que, para colmo, se da el lujo de tener amantes... Anna Margoulis-Némirovsky, la madre de Irène, era hija de una familia de comerciantes de la actual Dnipró, en Ucrania (por entonces parte integrante del Imperio ruso). Elegante y refinada, se casó con el padre de Irène sin amor, porque éste le prometió riquezas y lujos que tardaron en llegar y que, una vez cumplidos, sólo cimentaron su estatus de «nueva rica» (tal como le reprocha Rosine Kampf a su marido en *El baile*). La obsesión de los Némirovsky, y sobre todo de Anna, por subir en la escala social venía amplificada por el espectro del antisemitismo, en una Rusia en la que los judíos eran ciudadanos de segunda que no podían salir de la «zona de residencia», al oeste del Imperio (en las actuales Ucrania, Polonia...), y que vivían segregados en guetos (*shtetl*, en yidis).

En cualquier caso, hay redención posible para esta madre, que Irène despreciaba por sus modales de burguesa «trepa» y sin clase, a pesar de sus pretendidas finura y cultura (Anna sólo se dirigía a su hija en francés, por ejemplo). Más que nada, Irène nunca le perdonó sus aventuras amorosas, que en la ficción reprocha a su vez a madame Kampf y a la madre de *La enemiga*, por presentarle una visión tan fea e interesada del amor.

«El dinero, la ropa bonita y los coches buenos, ¿de qué servía todo eso sin un hombre en su vida, un amante guapo y joven? Ese amante... lo había esperado tanto».

Los biógrafos de Némirovsky coinciden en este retrato de la madre, que tanto recuerda a madame Kampf, y apuntan el hecho de que Irène fuera hija única como prueba de que nunca fue realmente deseada... Los ecos de esta relación y de la obra anterior de su autora resuenan por todo *El baile*: «Antoinette nunca antes había visto en los ojos de su madre esa fría mirada de mujer, de enemiga...».

AL FINAL, UNA MALETA

Y sin embargo... Irène se casó (¡por amor!) con Michel Epstein en 1926, también judío ruso exiliado en París, cuyo padre era compañero del de ella en la banca. Michel se convirtió así en su primer lector y mayor admirador, y gracias en parte a sus obsesivos esfuerzos por preservar una maleta con los escritos de su mujer, Némirovsky pudo consagrarse póstumamente como escritora... En realidad, a pesar de la cruel descripción que hace de la maternidad en sus textos, si su obra ha llegado hasta nosotros, se lo debemos sobre todo a sus dos hijas, Denise y Elisabeth.

En 1938, Némirovsky lamenta: «Me pregunto cómo pude escribir algo así...», en referencia al personaje de David Golder, el judío «estereotípico» al que debía su fama literaria y cuya caracterización tomaba un cariz cada vez más amargo[9]. El triunfo nazi en Alemania y el auge de la extrema derecha en Europa preocupan al matrimonio Epstein, sobre todo por su antisemitismo rampante. Conforme la situación empeora, se inician los procedimientos para obtener la nacionalidad francesa, que nunca les será concedida...Y en 1939 la familia al completo es bautizada y convertida al catolicismo en un último intento desesperado por protegerse, mientras Hitler avanza imparable.

Francófila de nacimiento, Irène todavía confía en los valores republicanos y la moral del pueblo francés (al fin y al cabo, ella es una figura pública y reconocida escritora), por lo que en ningún momento se plantea huir ni exiliarse otra vez. Aun así, el matrimonio toma la decisión de dejar a sus hijas pequeñas con la secretaria francesa del padre de Irène para que estén más seguras; Michel ha perdido su trabajo y las leyes antijudías de Vichy hacen que para Irène cada vez sea más difícil publicar, aunque nunca deja de escribir. La Francia ocupada se convertirá así en el telón de fondo de su novela más aclamada, *Suite francesa*; pero también de *Los fuegos del otoño* y tantos otros grandes escritos...

«He escrito mucho últimamente. Imagino que serán obras póstumas, pero así me entretengo», le confiaba a uno de sus amigos por carta, en 1942[10]. El 13 de julio de ese mismo año, Némirovsky fue detenida por la policía fran-

---

9. Olivier Corpet (dir.): *Irène Némirovsky: Un destin en images*. París, Denoël, 2010.

10. *Ídem*.

cesa y deportada al campo de exterminio de Auschwitz-Birkenau, donde sucumbió al tifus un mes más tarde.

En octubre de ese mismo año, desesperado, después de confiar la custodia de sus hijas a la secretaria de su suegro y pedir ayuda a todos sus contactos para conocer la suerte de Irène y traerla de vuelta a Francia, Michel Epstein también fue deportado a Auschwitz, donde murió en la cámara de gas nada más llegar.

Las dos hijas del matrimonio Epstein, Denise y Elisabeth, sobrevivieron a la guerra y al Holocausto, y algunos amigos de sus padres decidieron establecer un fondo de ayuda para pagar su educación hasta que fueran adultas (entre los que se encontraba el editor Albin Michel). Haciendo gala de la crueldad que describía Irène en sus libros, su abuela materna siempre se negó a acogerlas y tuvieron que vivir en internados o pensiones. Lo único que les quedaba de sus padres era una maleta que contenía los «cuadernos de mamá», y que su padre les entregó antes de ser detenido. Convencidas de que los cuadernos eran diarios íntimos de su madre y presas de la emoción que les provocaba recordar esa época oscura, las hermanas no se atrevieron a leerlos hasta la década de 1990. Así se descubrió finalmente el manuscrito inacabado de *Suite francesa*, que Denise tardó dos años en mecanografiar y a cuya publicación las dos hermanas se opusieron inicialmente, al no haber sido aprobada por su madre.

…Y con *Suite francesa* llegó el reconocimiento primero en Francia y después en todo el mundo, la consagración de Némirovsky en el panteón de las letras del siglo XX y un renovado interés por sus escritos que, cien años después, no dejan de fascinar a los lectores en todas las lenguas. Dentro de ese gran corpus literario, *El baile* es una novela breve que, sin embargo, condensa magistralmente los temas predilectos de su autora, y que constituye una magnífica introducción al resto de su obra.

SARA MENDOZA BRAVO

LA AUTORA

Irène Némirovsky

Irène Némirovsky nació en Kiev en 1903, hija de un rico banquero judío. Empezó a escribir en francés a una edad temprana numerosas novelas y cuentos, muchos de ellos autobiográficos, como *El malentendido*.

Obligada a exiliarse por la Revolución Rusa, se instaló en París con su familia en 1919. Saltó a la fama en 1929 con su segunda novela, *David Golder*, que fue adaptada al teatro y a la pantalla. Ese mismo año se casó con un hombre de negocios judío ruso, Michel Epstein. Al año siguiente se publicó *El baile*, una obra que relata el difícil paso de la adolescencia a la edad adulta. La adaptación cinematográfica reveló el talento de Danielle Darrieux. De éxito en éxito, Irène Némirovsky se convirtió en la musa del ambiente literario parisino, amiga de Kessel y Cocteau, y en 1937 dio a luz a su segunda hija, Elisabeth.

La Segunda Guerra Mundial puso fin bruscamente a esta brillante carrera. En 1938, a Irène Némirovsky y a Michel Epstein se les denegó la nacionalidad francesa, pero ellos no tenían intención de exiliarse, convencidos de que Francia defendería a sus ciudadanos judíos. Sin embargo, fue abandonada por sus amigos y su editor, y hubo de refugiarse en un pequeño pueblo con su marido y sus dos hijas. Allí Irène Némirovsky escribe *Suite francesa*, convencida de que pronto moriría.

En julio de 1942, los gendarmes la detuvieron y la enviaron a Auschwitz, donde murió de tifus unas semanas más tarde. Michel Epstein, que había intentado por todos los medios salvar a su mujer, también fue deportado en noviembre e inmediatamente gaseado a su llegada. Sus dos hijas salvaron algunos documentos que quedaron bajo la tutela de Albin Michel y Robert Esmenard hasta su mayoría de edad.

Tras su muerte se publicaron numerosas obras, y en 2004 recibió el Premio Renaudot a título póstumo por su novela inacabada, *Suite francesa*, que describe el éxodo de parte de la población francesa que huyó del ejército alemán en 1940.

ÍNDICE

EL BAILE	**7**
EPÍLOGO	67
Una chica adolescente	70
La enemiga	74
Al final, una maleta	77
LA AUTORA	**83**

OTROS TÍTULOS
DE LA COLECCIÓN

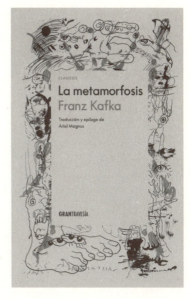

OTROS TÍTULOS
DE LA COLECCIÓN

Natàlia Pàmies Lluís (Barcelona, 1995) estudió Diseño Gráfico en EINA (Barcelona) y se graduó con 2 premios Laus, y más tarde se especializó en Ilustración Digital en BAU (Barcelona). Ha trabajado como ilustradora para clientes como *El País*, Penguin Random House, Outsiders Division y Re-Read. Actualmente vive entre Toronto y Barcelona, y combina el diseño gráfico, la ilustración y la animación 2D.

Carles Murillo (Barcelona, 1980), diseñador gráfico independiente especializado en diseño editorial y dirección de arte, ha sido el encargado de desarrollar el concepto gráfico y dirige el diseño de la colección Clásicos de Gran Travesía.

Para esta edición se han usado las tipografías **Century Expanded** (Linotype, Morris Fuller Benton y Linn Boyd Benton) y **Supreme LL** (Lineto, Arve Båtevik).

Esta obra se imprimió y encuadernó en el mes de junio de 2024, en los talleres de Egedsa, que se localizan en la calle Roís de Corella, 12-16, nave 1, C.P. 08205, Sabadell (España).